ALICIA EN EL PAÍS DE LAS MARAVILLAS

Austral Intrépida

LEWIS CARROLL

ALICIA EN EL PAÍS DE LAS MARAVILLAS

Traducción

Juan Gabriel López Guix

Ilustraciones del interior

John Tenniel

 Planeta

Obra editada en colaboración con Editorial Planeta – España

Título original: *Alice in Wonderland*

Lewis Carroll
© 2016, Traducción: Juan Gabriel López Guix

© 2017, Editorial Planeta S.A. – Barcelona, España

Derechos reservados

© 2018, Editorial Planeta Mexicana, S.A. de C.V.
Bajo el sello editorial BOOKET M.R.
Avenida Presidente Masarik núm. 111, Piso 2
Colonia Polanco V Sección
Delegación Miguel Hidalgo
C.P. 11560, Ciudad de México
www.planetadelibros.com.mx

Ilustraciones originales de John Tenniel
Diseño de colección: Austral / Área Editorial Grupo Planeta
Ilustración de portada: © Martina Flor

Primera edición impresa en España: octubre de 2016
ISBN: 978-84-08-16010-6

Primera edición impresa en México en Booket: mayo de 2018
ISBN: 978-607-07-4911-7

Impreso en los talleres de Litográfica Ingramex, S.A. de C.V.
Centeno núm. 162-1, colonia Granjas Esmeralda, Ciudad de México
Impreso en México — *Printed in Mexico*

Intrépido lector:

Estás a punto de entrar en el mundo de Alicia, el más extraño y asombroso, disparatado e insólito que hayas conocido y que jamás vas a olvidar. En este mundo, los gatos desaparecen sonrientes, las reinas tienen ejércitos de naipes, los conejos visten chaleco y te apremian para que los sigas. Y si los sigues, caerás por el agujero de su madriguera...

Hasta el País de las Maravillas.

Allí, las reglas que conocemos no funcionan; en el País de las Maravillas todo tiene su propia lógica. La hora del té no acaba nunca, Tiempo es un señor que se enfada si no sigues el compás cuando cantas y las lágrimas pueden llegar a formar un mar si justo en aquel momento tu cuerpo se encoge hasta ser diminuto.

Desde su publicación, *Alicia en el país de las maravillas* ha fascinado a lectores como tú.

Gira esta página. Y sigue al Conejo Blanco.

ALICIA EN EL PAÍS DE LAS MARAVILLAS

Todos en esa tarde dorada
sin prisas nos deslizamos;
porque los remos con poco tino
por bracitos son llevados,
mientras unas manitas simulan
guiar el itinerario.

¡Ah, qué Tres tan crueles! ¡En tal hora,
con tal onírico clima,
suplicar un cuento a quien no puede
soplar una simple brizna!
Pero ¿qué hace una pobre voz
contra tres lenguas unidas?

Lanza Prima de modo imperioso
del «empieza ya» el dictamen,
Secunda en tono más suave espera
«¡que contenga disparates!»,
Tertia a cada minuto interrumpe
nunca más de un instante.

De pronto, al silencio reducidas,
con la niña soñadora
se imaginan ir por un país
de maravillas pasmosas,
amigas de animales y pájaros,
casi creyendo la historia.

Y, siempre, cuando el narrar secaba
el pozo de la inventiva,
y, débil, luchaba el agotado
por hallar una salida:
«El resto, otro día». «No, ahora»,
gritaba la algarabía.

Y del país de las maravillas
despacio el cuento creció
forjando curiosos episodios;
ahora al fin se acabó
y alegres ponemos rumbo a casa
mientras va cayendo el sol.

¡Alicia! Toma un cuento infantil
y con mano suave déjalo
con los trenzados sueños de infancia
en la cinta del recuerdo,
cual ajada flor de peregrino
traída desde muy lejos.

CAPÍTULO 1
La madriguera del Conejo

Alicia empezaba a hartarse de estar junto a su hermana, sentada a la orilla del río y sin nada que hacer; una o dos veces había echado una mirada al libro que leía la hermana, pero no tenía dibujos ni diálogos. «¿Y de qué sirve un libro —había pensado— sin dibujos ni diálogos?»

Así que estaba dándole vueltas (como mejor podía, ya que lo caluroso de la tarde la adormecía y atontaba) a la idea de si el placer de hacer una guirnalda de margaritas merecía el esfuerzo de levantarse e ir a buscarlas, cuando de repente pasó por su lado un conejo blanco de ojos rosados.

Aquello no tenía nada de extraordinario; y a Alicia tampoco le pareció muy sorprendente oír que el conejo murmuraba:

—¡Qué barbaridad! ¡Llegaré tardísimo!

(Al pensar de nuevo en ello más tarde, se dio cuenta de que eso tendría que haberla asombrado, pero en aquel momento le pareció muy natural.) De todos modos, cuando el Conejo sacó un reloj del bolsillo de su chaleco, miró la hora y luego se alejó a toda prisa, Alicia se incorporó de un salto, pues cayó en la cuenta de que nunca había visto un conejo que llevara chaleco ni reloj que pudiera sacar del bolsillo y, ardiendo de curiosidad, lo siguió corriendo por el prado y llegó justo a tiempo para verlo desaparecer por una gran madriguera situada bajo un seto.

Por ella lo siguió Alicia un instante después, sin pararse a pensar ni un momento en cómo se las arreglaría para volver a salir.

La madriguera continuó en línea recta como un túnel durante un trecho y luego se hundió de

repente bajo sus pies, tan de repente que Alicia no tuvo tiempo de pensar en detenerse y se encontró cayendo por lo que parecía un pozo muy profundo.

O el pozo era muy profundo o ella cayó muy despacio, porque mientras caía le sobró tiempo para mirar a su alrededor y preguntarse qué pasaría a continuación. Primero intentó mirar hacia abajo y averiguar adónde se dirigía, pero estaba demasiado oscuro para distinguir nada; luego miró a los lados del pozo y observó que estaban llenos de armarios y estanterías con libros; aquí y allá vio mapas y cuadros colgados de ganchos. Tomó al pasar un tarro de una de las repisas; tenía una etiqueta donde ponía MERMELADA DE NARANJA, pero con gran desilusión descubrió que estaba vacío; sin embargo, no quiso soltarlo, por miedo a matar a alguien más abajo, de modo que se las arregló para dejarlo en uno de los armarios mientras caía.

«Bueno —pensó Alicia—, después de una caída como ésta, ya no me asustará caerme por las escaleras. ¡Qué valiente que soy, pensarán todos en casa! ¡Vamos, que no diría nada ni aunque me cayera desde lo alto del tejado!» (Lo cual muy probablemente era cierto.)

Más abajo, más abajo, más abajo. ¿No acabaría nunca la caída?

—Me pregunto cuántos kilómetros he caído ya —dijo en voz alta—. Supongo que estoy cerca del centro de la Tierra. Vamos a ver, eso sería una profundidad de seis mil kilómetros, me parece...

(Porque, ¿sabéis?, Alicia había aprendido varias cosas de ese estilo en las clases de la escuela; y, aunque no era una oportunidad demasiado buena para mostrar sus conocimientos, puesto que no había nadie que la pudiera escuchar, no dejaba de ser un buen entrenamiento repasarlos otra vez.)

—... sí, ésa es más o menos la distancia correcta, pero me pregunto a qué latitud o longitud he llegado. —(Alicia no tenía la menor idea de lo que era la latitud, ni tampoco la longitud, pero le parecía que eran unas palabras bonitas e importantes.)

Enseguida retomó sus cavilaciones.

—Me pregunto si atravesaré toda la Tierra. ¡Qué divertido sería aparecer entre la gente que anda con la cabeza para abajo! Los antipatías, me parece... —(esta vez se alegró bastante de que no hubiera nadie escuchando, porque no le pareció en absoluto que aquélla fuera la palabra correcta)— pero, claro, tendré que preguntarles cómo se llama el país. Por favor, señora, ¿esto es Nueva Zelanda o Australia? —(E intentó hacer una reverencia mientras hablaba... imaginaos hacer una reverencia mientras estáis cayendo por el aire. ¿Creéis que os saldría?)—. Y menuda niña ignorante creerá que soy por hacerle esa pregunta. No, qué vergüenza; a lo mejor lo veo escrito en alguna parte.

Más abajo, más abajo, más abajo. No había otra cosa que hacer, de modo que Alicia se puso a hablar de nuevo.

—¡Me parece que Dina me echará mucho de menos esta noche! —(Dina era la gata)—. Espero que se acuerden de su platito de leche a la hora de la merienda. ¡Querida Dina! ¡Ojalá estuvieras aquí abajo conmigo! En el aire no hay ratones, lo siento, pero podrías atrapar un murciélago, que se parece bastante a un ratón, ¿sabes? Aunque me pregunto si los gatos comen murciélagos.

Y aquí Alicia empezó a adormecerse y siguió hablando sola, como en sueños, diciéndose: «¿Los gatos comen murciélagos? ¿Los gatos comen murciélagos?», y a veces: «¿Los murciélagos comen gatos?», porque, ¿sabéis una cosa?, como no podía responder a ninguna de las dos preguntas, no importaba mucho cómo las formulara. Sintió que se quedaba dormida y empezó a soñar que caminaba de la mano de Dina, a quien decía con toda seriedad: «Vamos, Dina, dime la verdad, ¿has comido alguna vez un murciélago?», cuando de repente, ¡catapum!, dio contra un montón de ramas y hojas secas, y entonces concluyó la caída.

Alicia no se hizo el menor daño y enseguida se incorporó de un salto; levantó la vista, pero arriba todo estaba oscuro; ante ella se extendía otro largo pasillo, y aún podía verse al Conejo Blanco, recorriéndolo a toda prisa. No había ni un segundo que perder; Alicia partió como el viento y llegó a tiempo de oírlo exclamar mientras doblaba una esquina:

—¡Por mis orejas y mis bigotes, qué tarde es!

Se hallaba muy cerca de él, pero al doblar la esquina el Conejo ya se había perdido de vista; se encontró en una sala larga y baja, iluminada por una hilera de lámparas que colgaban del techo.

La sala estaba llena de puertas, pero todas estaban cerradas; y, cuando la hubo recorrido de arriba abajo, intentando abrirlas, regresó compungida al centro, preguntándose cómo lograría salir de ahí.

De repente, topó con una mesita de tres patas, toda ella de vidrio; encima sólo había una llavecita dorada, y la primera idea que le vino a la mente fue que podría ser de una de las puertas de la sala; pero, por desgracia, ya fuera porque las cerraduras eran demasiado grandes o porque la llave era demasiado pequeña, el caso es que no servía para abrir ninguna de ellas. Sin embargo, al recorrer la sala por segunda vez, reparó en una cortina baja que no había advertido antes y que escondía una puertecita de unos dos palmos de altura; introdujo la llave dorada en la cerradura y, para gran alegría suya, ¡encajaba!

Alicia abrió la puerta y descubrió que daba a un pequeño pasillo, no más grande que una ratonera; se arrodilló y distinguió al otro lado del pasillo el jardín más encantador que jamás hayáis visto. Cuánto deseaba salir de esa sala oscura y pasear entre esos coloridos lechos de flores y esas refrescantes fuentes, pero ni siquiera podía meter la cabeza por la puerta; «y, aunque pudiera meter la cabeza —pensó la pobre Alicia—, no me sería de ninguna utilidad sin los hombros. ¡Ah, cuánto me gustaría plegarme como un catalejo! Creo que podría hacerlo si supiera cómo empezar». Porque, como veis, le habían pasado tantas cosas poco corrientes que empezaba a pensar que eran muy pocas las realmente imposibles.

No parecía servir de nada quedarse esperando junto a la pequeña puerta, de modo que volvió hasta la mesa con la vaga esperanza de encontrar otra llave o, en cualquier caso, un libro de instrucciones que explicara la forma de plegar personas como si fueran catalejos; esta vez encontró una botella («y estoy segura de que no estaba antes», dijo Alicia) que tenía atada alrededor del cuello una etiqueta de papel con la palabra BÉBEME hermosamente impresa con grandes letras.

A Alicia le parecía muy bien que dijera BÉBEME, pero la sensata niña no estaba dispuesta a obedecer a tontas y a locas. «No, primero la examinaré —dijo— para ver si está señalada o no como *veneno*»; porque había leído varias simpáticas historias sobre niños que acababan quemados, devorados por bestias salvajes y otras cosas desagradables, por no recordar las sencillas reglas que les habían enseñado sus amigos:

que un atizador al rojo vivo te quema si lo sostienes durante demasiado tiempo, por ejemplo, y que, si te cortas muy profundamente el dedo con un cuchillo, suele salirte sangre; y nunca había olvidado que, si bebes mucho de una botella que está señalada como *veneno*, casi seguro que tarde o temprano te sienta mal.

Sin embargo, en la botella no estaba señalada en ninguna pate como *veneno*, así que Alicia se arriesgó a probar su contenido y, como encontró que sabía bien (en realidad, el sabor era una mezcla de tarta de cerezas, natillas, piña, pavo asado, caramelo y tostada caliente con mantequilla), no tardó en bebérselo todo.

*   *   *   *

—¡Qué curiosa sensación! —dijo Alicia—. Debo de estar plegándome como un catalejo.

Y así era en efecto: ya medía sólo veinticinco centímetros, y se le iluminó la cara ante la idea de tener el tamaño adecuado para cruzar la puertecita que daba al encantador jardín. Sin embargo, primero esperó un poco para ver si seguía encogiéndose más, una posibilidad que la ponía un poco nerviosa; «porque podría acabar —se dijo Alicia— desapareciendo por completo, como una vela. Me pregunto cómo sería entonces». E intentó imaginar a qué se parece la llama de una vela una vez apagada, porque no recordaba haber visto nunca semejante cosa.

Al cabo de un rato, al comprobar que no ocurría nada más, decidió adentrarse por fin en el jardín; pero, pobre Alicia, cuando llegó a la puerta, se dio cuenta de que había olvidado la pequeña llave dorada y, al regresar a la mesa a buscarla, descubrió que no le era posible alcanzarla; podía verla perfectamente a través del vidrio e intentó por todos los medios escalar una de las patas de la mesa, pero era demasiado resbaladiza; y, cuando se cansó de intentarlo, la pobrecita se sentó y se puso a llorar.

—¡Vamos, no sirve de nada llorar así! —se dijo con bastante aspereza—. ¡Te recomiendo que dejes de hacerlo ahora mismo!

Por lo general, se daba muy buenos consejos (por más que rara vez los siguiera), y a veces se regañaba con tanta severidad que se le saltaban las lágrimas; incluso recordaba que una vez intentó darse una bofetada por hacer trampas en el partido de cróquet que jugaba contra sí misma, porque a esta curiosa niña le gustaba mucho fingir que era dos personas. «¡Pero ahora no sirve de nada —pensó la pobre Alicia— fingir que soy dos personas! ¡Si apenas queda lo suficiente de mí como para hacer una persona respetable!»

Sus ojos no tardaron en fijarse en una cajita situada bajo la mesa: la abrió y encontró un pastel muy pequeño sobre el que estaba hermosamente escrita con pasas la palabra CÓMEME.

—Bueno, me lo comeré —dijo Alicia— y, si me hace más grande, agarraré la llave; y, si me hace más pequeña, me arrastraré por debajo de la puerta; lograré entrar en el jardín de una manera u otra, y no me importa cuál.

Dio un pequeño mordisco y se dijo con inquietud: «¿Hacia dónde? ¿Hacia dónde?», colocándose una mano sobre la cabeza para sentir si crecía o disminuía; y se sorprendió bastante al descubrir que seguía teniendo el mismo tamaño. Eso es, por supuesto, lo que suele ocurrir al comer pastel; pero Alicia se había acostumbrado tanto a esperar que sólo ocurrieran cosas poco corrientes que parecía bastante aburrido y tonto que la vida siguiera su curso normal.

Así que siguió comiendo, y muy pronto se acabó todo el pastel.

*   *   *   *
   *   *   *
*   *   *   *

CAPÍTULO 2

El estanque de lágrimas

—¡Qué curiosisísimo! —gritó Alicia (estaba tan sorprendida que por un momento olvidó hablar bien)—. ¡Ahora me estoy desplegando como el mayor catalejo que se haya visto nunca! ¡Adiós, pies! —(Porque al mirarse los pies tuvo la impresión de que casi se perdían de vista, de lo mucho que se alejaban)—. ¡Oh, mis pobres piececitos queridos, me pregunto quién os pondrá ahora vuestros zapatos y vuestras medias! ¡Seguro que yo no podré hacerlo! Estaré demasiado lejos para preocuparme por vosotros: tendréis que arreglaros como mejor podáis...

«Aunque tengo que ser amable con ellos —pensó Alicia— o a lo mejor deciden no ir adonde yo quiero. Vamos a ver, les regalaré un par de botas

29

nuevas todas las Navidades.» Y siguió planeando cómo se las apañaría. «Tendré que enviarlas con un recadero —pensó—; ¡qué divertido resultará eso de enviar regalos a tus propios pies! ¡Y qué rara será la dirección!

Sr. Pie Derecho de Alicia
    Alfombra de la Chimenea,
        junto al Guardafuego
            (con todo el cariño de Alicia).

»¡Qué barbaridad, menudos disparates digo!»

Justo en ese momento se golpeó la cabeza contra el techo de la sala: en realidad, medía ya casi tres metros de altura y agarró a toda prisa la pequeña llave dorada y salió corriendo hacia la puerta del jardín. ¡Pobre Alicia! Tumbada sobre un costado, no pudo hacer otra cosa que contemplar el jardín con un ojo; llegar hasta él resultaba más imposible que nunca, de modo que se sentó y rompió a llorar otra vez.

—Deberías avergonzarte de ti misma —dijo Alicia—, una niña tan grande como tú —(y tenía toda la razón al decir eso)—, ponerse a llorar de esta manera. ¡Vamos, deja de llorar ahora mismo!

Sin embargo, siguió llorando igual, derramando litros de lágrimas, hasta que a su alrededor se formó un gran estanque de unos diez centímetros de profundidad que llegaba hasta la mitad de la sala.

Al cabo de un rato oyó a lo lejos unas pequeñas pisadas y se secó los ojos a toda prisa para ver quién llegaba. Era el Conejo Blanco, que regresaba magníficamente vestido, con un par de guantes blancos de cabritilla en una mano y un gran abanico en la otra; llegaba dando saltitos con mucha prisa, murmurando para sí mientras se acercaba:

—¡Ay, la Duquesa, la Duquesa! ¡Ay, se pondrá como una fiera si la hago esperar!

Alicia se sentía tan desesperada que estaba dispuesta a pedir ayuda a cualquiera; de modo que, cuando el Conejo pasó a su lado, lo interpeló con voz baja y tímida:

—Por favor, señor...

El Conejo se sobresaltó muchísimo, dejó caer los guantes blancos y el abanico, y se escabulló en la oscuridad tan aprisa como era capaz. Alicia recogió el abanico y los guantes y, como en la sala hacía mucho ca-

lor, no dejó de abanicarse mientras seguía hablando.

—¡Caramba, qué raro es todo hoy! Y eso que ayer las cosas fueron normales. Me pregunto si habré cambiado durante la noche. Lo pensaré un poco: ¿era la misma al levantarme esta mañana? Casi me parece recordar que me sentía un poco diferente. Aunque, si no soy la misma, la siguiente pregunta es: ¿quién soy? ¡Ah, ése es el gran misterio!

Y empezó a pensar en todas las niñas de su misma edad que conocía para ver si se habría cambiado por una de ellas.

—Estoy segura de que no soy Ada —prosiguió—, porque su pelo tiene largos tirabuzones, y el mío no tiene ninguno; y estoy segura de que no puedo ser Mabel, porque yo sé muchas cosas, y ella, bueno, ella sabe muy pocas. Además, ella es ella, y yo soy yo, y... ¡Caramba, qué inexplicable es todo esto! Haré una prueba para ver si sé todas las cosas que sabía antes. Vamos a ver: cuatro por cinco, doce; cuatro por seis, trece; cuatro por siete... ¡Canastos, a este paso no llegaré nunca a veinte! De todos modos, la tabla de multiplicar no es importante: probemos con la geografía. Londres es la capital de París, París es la capital de Roma, Roma... ¡no, estoy segura de que lo digo todo mal! ¡Debo de haberme cambiado por Mabel! Intentaré recitar «Qué incansable...».

Cruzó las manos sobre el regazo, como si fuera a decir la lección, y empezó a recitar el poema; pero la voz le sonó ronca y extraña, y las palabras no salieron como eran:

¡Qué incansable el lindo cocodrilo
limpia su brillante cola
y derrama las aguas del Nilo
sobre su piel tan hermosa!

¡Qué efusivos sonríen sus dientes,
qué diestro agita sus zarpas,
cuando acoge a los pequeños peces
en sus fauces muy ufanas!

—Estoy segura de que no son las palabras correctas —dijo la pobre Alicia, y añadió mientras se le llenaban otra vez los ojos de lágrimas—: Al final resultará que soy Mabel, y me tendré que ir a vivir a una casucha, sin apenas juguetes con los que jugar, y, ¡ay, con tantísimas lecciones que estudiar siempre! ¡No, estoy decidida: si soy Mabel, me quedaré aquí abajo! De nada servirá que asomen la cabeza y me digan: «Sube, querida». Lo que haré será mirar hacia arriba y contestar: «Pero ¿quién soy? Decídmelo primero y, luego, si me gusta ser esa persona, subiré; si no, me quedaré aquí abajo hasta que sea otra»... aunque, ¡caramba —exclamó Alicia, presa de un repentino estallido de lágrimas—, ojalá asomaran la cabeza! ¡Estoy harta de no tener ninguna compañía!

Entonces bajó la mirada hacia sus manos y se sorprendió al darse cuenta de que mientras hablaba se había puesto uno de los guantes blancos del Conejo. «¿Cómo lo habré hecho? —pensó—. Debo de estar haciéndome pequeña otra vez.» Se levantó y se dirigió a la mesa para medirse con ella, y descubrió que, según sus cálculos, medía ya poco más de medio metro y continuaba encogiéndose rápidamente: no tardó en descubrir que la causa era el abanico que tenía en las manos, de modo que lo soltó a toda prisa, justo a tiempo de librarse de encoger del todo.

—¡Esta vez me he salvado por poco! —dijo Alicia, bastante asustada del repentino cambio, aunque muy contenta de seguir existiendo—. ¡Y ahora al jardín!

Y regresó a todo correr hasta la puertecita;

pero, por desgracia, estaba cerrada otra vez, y la pequeña llave dorada se encontraba de nuevo sobre la mesa de vidrio, «y las cosas están mucho peor que antes —pensó la pobre niña—, porque nunca había sido tan pequeña como ahora, ¡nunca! ¡La verdad, esto no es nada justo!».

Mientras decía estas palabras sus pies resbalaron y, un instante después, ¡plof!, se encontró metida en agua salada hasta la barbilla. Su primera idea fue que de algún modo había caído al mar, «y en ese caso puedo volver en tren», se dijo. (Alicia había ido a ver el mar una vez en su vida y había llegado a la conclusión general de que, a cualquier parte que uno fuera de la costa inglesa, siempre había casetas de baño rodantes, algunos niños cavando en la arena con palas de madera, luego una hilera de casas de huéspedes y, detrás, una estación de ferrocarril.) Sin embargo, enseguida se dio cuenta de que estaba en el estanque de lágrimas que había llorado cuando medía tres metros de altura.

—¡Ojalá no hubiera llorado tanto! —dijo Alicia mientras nadaba, intentando salir—. ¡Supongo que ahora me castigarán por ahogarme en mis propias lágrimas! ¡Eso sí que sería algo raro, ya lo creo! Sin embargo, hoy todo es raro.

Justo entonces oyó algo que chapoteaba un poco más lejos y se acercó nadando para ver qué era: al principio, pensó que debía de ser una morsa o un hipopótamo, pero luego recordó lo pequeña que era ya, y no tardó en descubrir que era sólo un ratón, que había resbalado como ella.

«¿Servirá de algo —pensó Alicia— hablar ahora con este ratón? Todo es tan poco corriente aquí abajo, que es muy posible que sepa hablar; en cualquier caso, por probar no se pierde nada.» Así que empezó:

—Oh, Ratón, ¿conoces la salida de este estanque? ¡Estoy muy cansada de nadar, oh, Ratón!

(Alicia pensó que ésa debía de ser la forma correcta de dirigirse a un ratón: nunca lo había hecho antes, pero recordaba haber visto en la gramática latina de su hermano: «Un ratón – de un ratón – a un ratón – un ratón – ¡oh, ratón!».) El Ratón la miró con mucha curiosidad, y a ella le pareció que guiñaba uno de sus ojitos, pero no le contestó nada.

«A lo mejor no me entiende —pensó Alicia—. Quizá sea un ratón francés que llegó con Guillermo el Conquistador.» (Porque, a pesar de todo lo que sabía de la historia de Inglaterra, Alicia no tenía una noción muy clara de cuánto hacía que habían ocurrido las cosas.) De modo que empezó de nuevo:

—*Où est ma chatte?*

Ésa era la primera frase de su libro de francés. El Ratón dio un brinco repentino fuera del agua, y pareció que todo él se ponía a temblar de miedo.

—¡Oh, te ruego que me perdones! —exclamó Alicia a toda prisa, temerosa de haber herido los sentimientos del pobre Ratón—. Había olvidado por completo que no te gustan los gatos.

—¡Que no me gustan los gatos! —exclamó el Ratón, con voz furiosa y estridente—. ¿Te gustarían a ti los gatos si fueras yo?

—Bueno, a lo mejor no —dijo Alicia con tono conciliador—, no te enfades por eso. De todos modos, me gustaría enseñarte a Dina, nuestra gata. Me parece que si la vieras les tomarías cariño a los gatos. Es muy tranquila —prosiguió Alicia, medio para sí misma, mientras nadaba lentamente por el estanque—, y se tumba a ronronear de forma muy simpática junto a la chimenea, lamiéndose las patas y lavándose la cara... y es tan suave que da gusto sostenerla en brazos y acariciarla... y es buenísima atrapando ratones... ¡Ay, te ruego que me perdones! —exclamó Alicia de nuevo, porque esa vez el Ratón se erizó por completo, y ella estuvo segura de que se había ofendido de verdad—. No hablaremos más de ella si no quieres.

—¿Hablaremos? —exclamó el Ratón, que temblaba todo él hasta la punta de la cola—. ¡Como si yo fuera a hablar de semejante tema! ¡Nuestra familia siempre ha odiado a los gatos, esos seres repugnantes, despreciables y vulgares! ¡No me hagas oír otra vez esa palabra!

—¡No lo haré, de verdad! —dijo Alicia, con mucha prisa por cambiar de tema de conversación—. ¿Te... gustan... los... los perros? —El Ratón no contestó, de modo que Alicia prosiguió con entusiasmo—: Cerca de nuestra casa hay un perrito de lo más simpático, me gustaría enseñártelo. Es un terrier pequeño de ojos vivarachos, ¿sabes?, ah, y tiene el pelo marrón muy largo y rizado. Y te trae las cosas cuando se las tiras, y se sienta y pide la comida, y hace muchas gracias... no me acuerdo ni de la mitad... y es de un granjero que dice que es muy útil, ¡que vale una fortuna! Dice que mata todas las ratas y... ¡Caramba! —exclamó Alicia con voz afligida—. ¡Me temo que te he ofendido otra vez!

Porque el Ratón se alejaba de ella con todas sus fuerzas y provocaba una considerable agitación en el estanque.

De modo que lo llamó dulcemente:

—¡Ratón querido! ¡Vuelve otra vez, y no hablaremos de gatos ni tampoco de perros si no te gustan!

Cuando el Ratón oyó esas palabras, se dio la vuelta y nadó lentamente hacia ella; tenía la cara bastante pálida (de cólera, pensó Alicia) y dijo, con voz baja y temblorosa:

—Vamos a la orilla y te contaré mi historia, comprenderás por qué odio a los gatos y a los perros.

Y ya era hora de salir de ahí, porque el estanque se estaba llenando de pájaros y otros animales que habían caído en él: había un pato y un dodo, un loro y un aguilucho, así como varias curiosas criaturas más. Alicia se puso en cabeza, y todo el grupo nadó hacia la orilla.

CAPÍTULO 3
Una carrera política y una historia con mucha cola

Era en verdad un grupo de aspecto extravagante el que se congregó en la orilla del estanque: los pájaros con las plumas llenas de barro, los otros animales con el pelaje pegado al cuerpo, todos ellos chorreando, enfadados e incómodos.

La primera cuestión era, por supuesto, cómo secarse; hubo una deliberación al respecto y, al cabo de unos minutos, a Alicia le pareció bastante natural encontrarse hablando familiarmente con ellos, como si los conociera de toda la vida. En realidad, mantuvo una discusión bastante larga con el Loro, quien al final se enfurruñó y se limitó a añadir:

—Soy mayor que tú y sé más cosas.

Y eso Alicia no quiso aceptarlo sin saber

cuántos años tenía; pero, como el Loro se negó en redondo a decirle su edad, no hubo más que discutir.

Al final, el Ratón, que parecía ser alguien de cierta autoridad entre ellos, intervino:

—¡Sentaos todos y escuchadme! ¡Yo os secaré enseguida!

Todos se sentaron en el acto formando un gran círculo con el Ratón en medio. Alicia se lo quedó mirando con preocupación, porque estaba convencida de que pillaría un buen resfriado si no se secaba cuanto antes.

—¡Ejem! —dijo el Ratón dándose aires de importancia—. ¿Estáis todos preparados? Esto es lo más árido que conozco. ¡Silencio a todos, por favor! «Guillermo el Conquistador, cuya causa favorecía el papa, no tardó en ser aceptado por los ingleses, que deseaban caudillos y estaban muy acostumbrados en los últimos tiempos a la usurpación y la conquista. Edwin y Morcar, los condes de Mercia y Nortumbria...»

—¡Puaf! —dijo el Loro con un tiritón.

—¿Cómo? —dijo el Ratón arrugando la frente, pero con muy buenos modales—. ¿Has dicho algo?

—¡Yo no he dicho nada! —dijo el Loro apresuradamente.

—Me había parecido lo contrario —dijo el Ratón—. Continúo. «Edwin y Morcar, los condes de Mercia y Nortumbria, se manifestaron a su favor; e incluso Stigand, el patriótico arzobispo de Canterbury, que encontrolo juicioso...»

—¿Encontró qué? —preguntó el Pato.

—Encontró lo —contestó el Ratón bastante enojado—; no me harás creer que no sabes lo que significa «lo».

—Sé muy bien lo que significa «lo» cuando lo encuentro —dijo el Pato—; por lo general, es un gusano o una rana. La pregunta es: ¿qué encontró el arzobispo?

El Ratón no prestó atención a la pregunta y prosiguió rápidamente:

—«... encontrolo juicioso, decidió ir con Edgar Atheling a reunirse con Guillermo y ofrecerle la corona. El comportamiento de Guillermo fue al principio moderado. Sin embargo, la insolencia de sus normandos...» ¿Cómo estás ya, querida? —añadió, volviéndose hacia Alicia mientras hablaba.

—Tan mojada como antes —dijo Alicia con tono melancólico.

—En ese caso —dijo el Dodo—, propongo que se suspenda la reunión con vistas a la adopción inmediata de medidas más contundentes...

—¡Habla claro! —dijo el Aguilucho—. No sé lo que significan la mitad de esas palabras que acabas de pronunciar, ¡y además tampoco te creo! —E inclinó la cabeza para esconder una sonrisa; varios pájaros más soltaron algunas risitas audibles.

—Lo que iba a decir —dijo el Dodo con tono ofendido— es que lo mejor que podemos hacer para secarnos es una carrera política.

—¿Qué es una carrera política? —dijo Alicia, aunque no porque tuviera muchas ganas de saberlo, sino porque el Dodo había hecho una pausa, como si considerara que alguien tenía que preguntarlo, y nadie más parecía dispuesto a decir nada.

—Bueno —dijo el Dodo—, la mejor forma de explicarlo es hacerlo. —(Y, como a lo mejor a vosotros os apetece intentarlo algún día de invierno, os contaré lo que hizo el Dodo.)

Primero marcó el recorrido de la carrera siguiendo una especie de círculo («la forma exacta no importa», explicó), y luego el grupo se colocó a lo largo del recorrido, un poco por todas partes.

Nadie dijo: «Un, dos, ¡tres!», sino que todos partieron a su antojo y se detuvieron a su antojo, de modo que no fue fácil saber en qué momento acababa la carrera. No obstante, cuando llevaban corriendo más o menos media hora, y estaban ya bastante secos, el Dodo exclamó de pronto:

—¡La carrera ha terminado!

Y todos se congregaron a su alrededor, jadeando y preguntando:

—Pero ¿quién ha ganado?

No era una pregunta que el Dodo pudiera responder sin meditarlo mucho y se quedó un buen rato con un dedo apoyado contra la frente (en la posición en que veis normalmente a Shakespeare en los retratos que hay de él), mientras los demás esperaban en silencio. Al final dijo:

—Todos habéis ganado y todos debéis recibir premios.

—Pero ¿quién los va a repartir? —preguntó un coro de voces.

—Pues ella, por supuesto —dijo el Dodo, señalando a Alicia.

Y de golpe todo el grupo se congregó en torno a ella, gritando:

—¡Los premios! ¡Los premios!

Alicia no supo qué hacer; presa de la desesperación metió la mano en el bolsillo, sacó una cajita de confites (por suerte, el agua no había entrado en ella) y los repartió como premios. Tocó justo a uno por cabeza.

—Pero ella también tiene que recibir un premio —dijo el Ratón.

—Por supuesto —respondió el Dodo con mucha seriedad—. ¿Qué más llevas en el bolsillo? —añadió, volviéndose hacia Alicia.

—Sólo un dedal —dijo Alicia con voz triste.

—Entrégamelo —dijo el Dodo.

Entonces todos se congregaron de nuevo en torno a ella, mientras el Dodo le ofrecía solemnemente el dedal diciendo:

—Te rogamos que tengas a bien aceptar este elegante dedal.

Y cuando hubo finalizado este breve parlamento, todos aplaudieron. A Alicia aquello le resultó muy absurdo, pero todos parecían tan serios que no se atrevió a reírse; y, como no se le ocurrió nada que decir, se limitó a realizar una reverencia y tomó el dedal con aire tan solemne como pudo.

Lo siguiente fue comer los confites, lo cual provocó cierto ruido y desorden, porque los pájaros grandes se quejaron de que el suyo no les sabía a nada, y los pequeños se atragantaron y hubo que darles palmaditas en la espalda. Sin embargo, al final todos acabaron, se sentaron de nuevo formando un círculo y le pidieron al Ratón que les contara algo más.

—Me habías prometido que me contarías tu historia —dijo Alicia— y por qué odias... a los ges

y a los pes —añadió en un susurro, un tanto temerosa de que volviera a ofenderse.

—Mi historia tiene mucha cola, y es larga y
triste —dijo el Ratón, volviéndose hacia Alicia y
suspirando.

—Larga es, desde luego —dijo Alicia, contemplando con asombro la cola del Ratón—, pero
¿por qué dices que es triste?

Y se quedó cavilando acerca de ella mientras
el Ratón hablaba, de modo que su idea de esa historia con mucha cola resultó ser algo así:

Furia dijo a
un ratón que
encontró en
un rincón:
—Pues
pienso
denunciarte,
vayamos a la
ley. No
aceptaré
artificios
y he de
llevarte
a juicio,
que en
toda la
mañana
nada
tengo que
hacer.
Dijo el
ratón al
perro:
—Señor,
ese proceso,
sin un juez ni
un jurado
será hablar
vanamente.
—Seré juez y
jurado
—dijo
Furia,
taimado—.
Yo juzgaré
la causa,
y
dictaré
tu muerte.

51

—¡No me estás haciendo ningún caso! —dijo con severidad el Ratón a Alicia—. ¿En qué estás pensando?

—Te pido perdón —contestó Alicia muy humildemente—, creo que estabas en la quinta vuelta, ¿verdad?

—¡Estoy tan indignado que se me hace un nudo...! —exclamó el Ratón muy tajante y enfadado.

—¿Un nudo? —dijo Alicia, dispuesta a echar una mano y mirando con inquietud a su alrededor—. Por favor, deja que te ayude a deshacerlo.

—No pienso dejarte nada —dijo el Ratón levantándose y alejándose—. Me insultas soltando tales disparates.

—¡No era mi intención! —suplicó Alicia—. Aunque la verdad es que te enfadas muy deprisa...

El Ratón sólo se dignó soltar un gruñido a modo de respuesta.

—Por favor, vuelve y termina tu historia —insistió Alicia.

—¡Sí, termínala, por favor! —dijeron a coro los demás.

Sin embargo, el Ratón se limitó a sacudir la

cabeza con impaciencia y se alejó un poco más deprisa, hasta perderse de vista.

—¡Qué lástima que no haya querido quedarse! —suspiró el Loro, en cuanto se perdió de vista.

Y una vieja cangreja aprovechó la ocasión para decirle a su hija:

—¡Mira, querida, que te sirva de lección para no dejarte llevar por el mal genio!

—¡Cállate, mamá! —replicó con mal genio la hija—. ¡Eres capaz de sacar de quicio a una ostra!

—¡Cómo me gustaría que Dina estuviera aquí! —dijo Alicia, sin dirigirse a nadie en concreto—. Lo traería de vuelta enseguida.

—¿Y quién es Dina, si me permites la pregunta? —inquirió el Loro.

Alicia contestó de buena gana, porque siempre estaba dispuesta a hablar de su gata:

—Dina es nuestra gata. ¡Y no os podéis imaginar lo buenísima que es cazando ratones! ¡Y, bueno, me gustaría que la vierais persiguiendo pájaros! ¡Es capaz de comerse un pajarito en cuanto lo ve!

Semejante comentario causó una profunda impresión entre los congregados. De pronto, algunos pájaros se alejaron a toda prisa; una vieja urraca empezó a abrigarse melindrosamente mientras decía:

—Tengo que volver a casa, el aire nocturno no le sienta nada bien a mi garganta.

Y un canario llamó con voz temblorosa a sus hijos:

—¡Vamos, niños, ya tendríais que estar acostados!

Con diversos pretextos, todos se marcharon, y Alicia no tardó en quedarse sola.

—¡Ojalá no hubiera hablado de Dina! —dijo para sí con tono melancólico—. ¡Aquí abajo nadie parece quererla, aunque estoy convencida de que es la mejor gata del mundo! ¡Ah, mi querida Dina! ¡Me pregunto si volveré a verte de nuevo!

Y entonces la pobre Alicia se echó a llorar otra vez, porque se sintió muy sola y abatida. Sin embargo, al poco oyó de nuevo unos pasitos a lo lejos y levantó la vista llena de impaciencia, con la vaga esperanza de que el Ratón hubiera cambiado de opinión y regresara para terminar su historia.

CAPÍTULO 4
El Conejo envía un mensajero

Era el Conejo Blanco, que volvía lentamente dando saltitos y mirando con inquietud a todos lados, como si hubiera perdido algo; y Alicia oyó que murmuraba:

—¡La Duquesa! ¡La Duquesa! ¡Ay, mis queridas patas! ¡Ay, mi pelo y mis bigotes! ¡Me hará ejecutar, tan cierto como que los hurones son hurones! ¿Dónde se me pueden haber caído?

Alicia adivinó enseguida que buscaba el abanico y el par de guantes blancos de cabritilla, y como era de natural bondadosa se puso a buscarlos, pero no estaban en ninguna parte: todo parecía haber cambiado desde su travesía por el estanque; y la gran sala, con la mesa de vidrio y la puertecita, se había desvanecido por completo.

El Conejo no tardó en percatarse de la presencia de Alicia, que buscaba los objetos perdidos, y la llamó con tono enfadado:

—Vaya, Mary Ann, ¿qué estás haciendo aquí? ¡Corre a casa ahora mismo y tráeme un par de guantes y un abanico! ¡Enseguida, vamos!

Y Alicia se asustó tanto que salió corriendo en el acto en la dirección que le señalaba el Conejo sin intentar sacarlo de su error.

«¡Me ha confundido con su doncella! —se dijo mientras corría—. ¡Qué sorpresa se llevará cuando descubra quién soy! Pero será mejor que le lleve el abanico y los guantes... bueno, si los encuentro.»

Mientras se decía esto, llegó a una pulcra casita en cuya puerta había una reluciente placa de latón que tenía grabado el nombre C. BLANCO. Entró sin llamar y corrió escaleras arriba, con mucho miedo de toparse con la verdadera Mary Ann y que la echaran de la casa antes de encontrar el abanico y los guantes.

«¡Qué raro es —se dijo Alicia— hacer recados para un conejo! Supongo que ahora sólo falta que me envíe a hacerlos Dina.» Y empezó a imaginar cómo sería aquello:

«"¡Señorita Alicia! ¡Venga ahora mismo y arréglese para salir de paseo!" "¡Enseguida voy! Es que tengo que vigilar esta ratonera hasta que vuelva Dina y no puedo dejar que salga el ratón." Aunque no creo —prosiguió Alicia— que dejen a Dina quedarse en casa si empieza a dar órdenes a la gente.»

Mientras tanto, había encontrado el modo de llegar a una pequeña y ordenada habitación con una mesa junto a la ventana y, sobre ella (como había esperado), un abanico y dos o tres pares de diminutos guantes blancos de cabritilla; agarró el abanico y un par de guantes y estaba a punto de salir de la habitación cuando se fijó en una botellita situada junto al espejo. Esa vez no tenía ninguna etiqueta que dijera BÉBEME; sin embargo, le quitó el tapón de corcho y se la llevó a los labios. «Sé que siempre acaba pasando algo interesante —se dijo— cuando bebo o como alguna cosa, así que voy a ver qué hace esta botella. ¡Espero que me haga más grande otra vez, porque la verdad es que estoy cansada de ser tan pequeñita!»

Eso fue lo que ocurrió, y mucho más deprisa de lo esperado: antes de que se hubiera bebido la mitad de la botella, se encontró con la cabeza apretada contra el techo de tal manera que tuvo que agacharse para no romperse el cuello. Se apresuró a dejar la botella, diciéndose: «Ya es suficiente... Espero no crecer más... En realidad, ahora no puedo salir por la puerta... ¡Ojalá no hubiera bebido tanto!».

¡Por desgracia, ya era demasiado tarde para desear eso! Siguió creciendo y creciendo, y no tardó en tener que ponerse de rodillas; un instante después ya ni siquiera había sitio para eso y se vio obligada a echarse en el suelo con un codo apoyado contra la puerta y el otro brazo alrededor de la cabeza. A pesar de todo, seguía creciendo y, como último recurso, sacó un brazo por la ventana y metió un pie por la chimenea, y se dijo: «Ahora, pase lo que pase, ya no puedo hacer nada más. ¿Qué será de mí?».

Afortunadamente para Alicia, la botellita mágica había hecho ya todo su efecto, y ella no creció más; de todos modos, la postura era muy incómoda y, como no parecía haber ninguna posibilidad de salir de la habitación, no es de extrañar que se sintiera desdichada.

«Todo era —pensó la pobre Alicia— mucho más agradable en casa, donde no estás todo el rato haciéndote más grande y más pequeña, y donde no te dan órdenes ratones ni conejos. Casi deseo no haber bajado por esa madriguera... aunque... aunque... ¡la verdad es que esta clase de vida es muy curiosa! ¡Me pregunto qué me puede haber pasado! ¡Cuando leía cuentos de hadas, pensaba que estas cosas no ocurrían nunca y ahora me veo metida en uno de esos cuentos! ¡La verdad es que tendrían que escribir un libro sobre mí! Cuando crezca, lo escribiré... aunque ahora ya he crecido —añadió con tono pesaroso—; en todo caso, aquí ya no hay sitio para crecer más.»

«Pero, entonces —pensó Alicia—, ¿tendré siempre los mismos años que ahora? En cierto modo, es un consuelo no ser nunca mayor, pero claro que ¡tener que estudiar siempre lecciones! ¡Ah, eso no me gusta!»

«¡Alicia, qué tonta eres! —se contestó—. ¿Cómo vas a estudiar lecciones aquí dentro? ¡Vamos, si apenas hay sitio para ti, y desde luego no hay sitio para ningún libro de texto!»

Y continuó así, diciéndose primero algo y luego contestándose, y conversando sola; pero al cabo de unos minutos oyó fuera una voz y se detuvo para escuchar.

—¡Mary Ann, Mary Ann! —dijo la voz—. ¡Tráeme los guantes inmediatamente!

Luego oyó unos pasitos por las escaleras. Alicia supuso que era el Conejo que subía a buscarla y se echó a temblar de tal modo que toda la casa se agitó, pues había olvidado por completo que ya era mil veces más grande que el Conejo y que no tenía razón para asustarse.

En ese momento el Conejo llegó a la puerta e intentó abrirla; pero, como la puerta se abría hacia dentro y Alicia tenía el codo apoyado contra ella, no lo consiguió. Alicia lo oyó hablando solo:

—Pues entonces daré la vuelta y entraré por la ventana.

«¡Eso sí que no!», pensó Alicia y, tras esperar hasta que le pareció oír al Conejo justo debajo de la ventana, alargó de repente la mano e hizo el gesto de agarrar algo en el aire. No atrapó nada, pero oyó un gritito, una caída y un estrépito de vidrios rotos, de lo cual dedujo que seguramente el Conejo había caído encima de un pequeño invernadero para pepinos o algo así.

A continuación se oyó una voz furiosa, la del Conejo:

—¡Pat, Pat! ¿Dónde estás?

Y luego una voz que no había oído nunca antes:

—¡Aquí estoy, en las manzanas! ¡Dándole a la azada, su señoría!

—¡Dándole a la azada, habrase visto! —dijo el Conejo encolerizado—. ¡Déjalo, ven y ayúdame a salir de aquí!

(Más ruidos de vidrios rotos.)

—Dime una cosa, Pat, ¿qué es eso que hay en la ventana?

—Como que es un brazo, su señoría.

(Pronunció «brazu».)

—¡Un brazo, qué ganso eres! ¿Quién ha visto un brazo de ese tamaño? ¡Si ocupa toda la ventana!

—Vaya que si la ocupa, su señoría, pero sigue siendo un brazo de todas formas.

—Bueno, pues ahí un brazo no tiene nada que hacer: sube y quítalo.

Tras eso se produjo un prolongado silencio, y Alicia sólo acertó a oír algunos susurros de vez en cuando, susurros del estilo: «Vaya que no me gusta, su señoría, que no me gusta nada de nada», «¡Haz lo que te digo, cobarde!»; al final, sacó de

62

nuevo la mano e hizo otro gesto de agarrar algo en el aire. Esa vez sonaron dos grititos, y más ruidos de vidrios rotos.

«¡Sí que tienen invernaderos para pepinos! —pensó Alicia—. Me pregunto qué van a hacer ahora. ¡En cuanto a lo de sacarme por la ventana, ojalá pudieran! ¡No tengo ningunas ganas de seguir aquí!»

Esperó un rato sin oír nada más; al final se oyó un estruendo de ruedas de carretilla y una algarabía de voces hablando al mismo tiempo, entre las que distinguió:

—¿Dónde está la otra escalera?

—Yo sólo tenía que traer una. Bill lleva la otra.

—¡Bill! ¡Tráela para acá, hombre!

—Ahí, apoyadas en esa esquina...

—No, primero hay que atarlas juntas... no llegan ni a la mitad.

—Venga, sí que llegarán. No te pongas quejica.

—¡Toma, Bill! Agarra esta cuerda.

—¿Aguantará el tejado?

—¡Cuidado con esa teja suelta!

—¡Oh, que se cae! ¡Agachad la cabeza!
(Un fuerte estrépito.)

—A ver, ¿quién ha sido?

—Me parece que ha sido Bill.

—¿Quién va a bajar por la chimenea?

—¡Que no, que no me da la gana bajar! ¡Baja tú!

—¡Ni soñarlo!

—Que baje Bill.

—¡Oye, Bill! Dice el señor que bajes por la chimenea.

«Vaya, así que Bill va a bajar por la chimenea —se dijo Alicia—. Parece que le encargan a él todos los trabajos. No me gustaría nada estar en su lugar; la verdad es que esta chimenea es estrecha, pero creo que me queda sitio para dar una patada.»

Echó hacia atrás tanto como pudo el pie y esperó a oír al animalito (no se imaginaba de qué clase sería) arrastrarse y avanzar por la chimenea hasta que estuvo justo encima de ella; luego, diciéndose: «Éste es Bill», dio una fuerte patada y esperó a ver qué sucedía a continuación.

Lo primero que oyó fue un coro general de «¡Ahí va Bill!», luego sólo la voz del Conejo: «¡Atrapadlo vosotros, los del seto!», luego silencio y luego otra confusión de voces:

—Sostenedle la cabeza.

—Un poco de coñac.

—Que no se atragante.

—¿Cómo ha sido, viejo? ¿Qué te ha pasado? Cuéntanos.

Al final oyó una vocecita débil y chillona. («Es Bill», pensó Alicia.)

—Bueno, no lo sé muy bien. No más que vosotros; ya me encuentro mejor... pero estoy demasiado nervioso para contar nada... lo único que sé es que se me ha venido encima algo así como el muñeco de una caja de sorpresas y que he salido disparado como un cohete.

—¡Ni que lo digas, hombre! —dijeron los otros.

—¡Tenemos que quemar la casa! —dijo la voz del Conejo.

Y Alicia gritó tan fuerte como pudo:

—¡Si lo hacéis, os envío a Dina!

De pronto se produjo un silencio absoluto, y Alicia pensó: «Me pregunto qué van a hacer ahora. Si tuvieran un poco de sentido común, quitarían el tejado».

Al cabo de uno o dos minutos, empezaron a moverse otra vez, y Alicia oyó que el Conejo decía:

—Una carretada bastará, de momento.

«Una carretada, ¿de qué?» Aunque no estuvo mucho tiempo en vilo, porque un instante después una lluvia de guijarros empezó a golpear la ventana, y algunos le dieron en la cara. «Voy a acabar con esto ahora mismo», se dijo Alicia, y gritó:

—¡Será mejor que no volváis a hacerlo!

Tras lo cual se produjo otro silencio absoluto.

Alicia observó, con cierta sorpresa, que los guijarros se convertían en pastelitos una vez en el suelo, y se le ocurrió una idea brillante. «Seguro que si como uno de estos pasteles —pensó— cambiaré de tamaño; y, como no creo que pueda hacerme más grande, supongo que me haré más pequeña.»

Así que engulló uno de los pasteles y se alegró de notar que empezaba a encogerse en el acto. En cuanto fue lo bastante pequeña para pasar por la puerta, salió corriendo de la casa y se encontró a toda una multitud de pájaros y otros animalillos esperando fuera. Bill, la pobre lagartija, estaba en el centro, sostenida por dos cobayas que le daban algo de una botella. Todos huyeron precipitadamente en cuanto apareció Alicia; a pesar de eso, ella salió corriendo con todas sus fuerzas y no tardó en encontrarse a salvo en un espeso bosque.

«Lo primero que tengo que hacer —se dijo Alicia, mientras caminaba por el bosque— es crecer otra vez hasta recuperar mi tamaño correcto; y lo segundo es encontrar el camino hasta ese encantador jardín. Creo que éste será el mejor plan.»

Parecía un plan excelente, sin duda, y muy hábil y sencillo: la única dificultad era que no tenía ni la más remota idea de cómo ponerlo en práctica; y, mientras miraba con inquietud entre los árboles, un pequeño y agudo ladrido justo encima de su cabeza le hizo levantar precipitadamente la mirada.

Un enorme cachorro la miraba con grandes ojos redondos y extendía con aire vacilante una pata, intentando tocarla.

—¡Pobrecito! —dijo Alicia con voz zalamera.

Intentó silbarle, aunque estaba asustadísima ante la idea de que tuviera hambre, en cuyo caso era muy probable que se la comiera a pesar de todas sus zalamerías.

Sin saber muy bien qué hacer, agarró un palito y lo sostuvo ante ella; entonces el cachorro saltó en el aire con un gañido de placer, se abalanzó sobre el palo y fingió jugar con él; Alicia se protegió detrás de un gran cardo para evitar ser arrollada; y, en cuanto apareció por el otro lado, el cachorro se precipitó de nuevo sobre el palo y cayó patas arriba en su apresuramiento por atraparlo; entonces Alicia, considerando que aquello era como ponerse a jugar con un caballo de tiro y temiendo a cada momento quedar atrapada bajo sus patas, corrió de nuevo a colocarse tras el cardo; a continuación, el cachorro inició una serie de breves arremetidas contra el palo, avanzando cada vez un poquito y retrocediendo bastante más, soltando roncos ladridos todo el rato, hasta que al final se sentó a una distancia respetable, jadeando, con la lengua colgándole de la boca y los grandes ojos entornados.

Aquélla le pareció a Alicia una buena oportunidad para escapar, así que salió de pronto y corrió hasta quedar agotada y sin aliento, y hasta que el ladrido del cachorro resonó muy débilmente a lo lejos.

—¡De todas formas, era un cachorrito de lo

más simpático! —dijo mientras se apoyaba a descansar contra un botón de oro y se abanicaba con una de las hojas—. Me habría gustado mucho enseñarle a hacer gracias, de... ¡de haber tenido yo el tamaño adecuado! ¡Caramba! ¡Casi había olvidado que tengo que crecer otra vez! Vamos a ver... ¿cómo voy a conseguirlo? Supongo que tengo que comer o beber algo, pero la gran pregunta es «¿qué?».

La gran pregunta era sin lugar a dudas «¿qué?». Alicia contempló a su alrededor las flores y las briznas de hierba, pero no acertó a ver nada que juzgara adecuado comer o beber dadas las circunstancias. No lejos de ella crecía una gran seta, aproximadamente de su mismo tamaño; y, cuando la hubo mirado por debajo, por los dos lados y por detrás, se le ocurrió que también podía mirar lo que había encima.

Se estiró de puntillas y se asomó por encima del borde de la seta, y sus ojos enseguida se encontraron con los de una gran oruga azul que estaba sentada en lo alto, con los brazos cruzados, fumando plácidamente un largo narguile sin prestarle la más mínima atención a ella ni a nada de cuanto la rodeaba.

CAPÍTULO 5

Los consejos de una oruga

La Oruga y Alicia se miraron unos instantes en silencio; al final, la Oruga se sacó el narguile de la boca y se dirigió a Alicia con voz lánguida y somnolienta.

—¿Tú quién eres? —preguntó la Oruga.

No se trataba de un inicio de conversación demasiado alentador.

—¿Yo?... No lo sé muy bien en estos momentos, señor Oruga... Bueno, sé quién era cuando me desperté esta mañana, pero creo que he cambiado varias veces desde entonces.

—¿Qué quieres decir con eso? —dijo la Oruga con severidad—. ¡Explícate!

—Me temo, señor, que no me puedo explicar —dijo Alicia—, porque, como ve, no soy yo misma.

—No veo nada —dijo la Oruga.

—Me temo que no puedo expresarlo con más claridad —contestó Alicia con suma cortesía—, porque, para empezar, yo misma no lo puedo entender; y ser de tantos tamaños en un día es muy confuso.

—No lo es —dijo la Oruga.

—Bueno, quizá aún no lo ha descubierto —dijo Alicia—, pero cuando tenga que convertirse en crisálida, cosa que le sucederá algún día, ¿sabe?, y después de eso en mariposa, pensará que se nota un poco raro, ¿no?

—En absoluto —dijo la Oruga.

—Bueno, quizá sus sensaciones sean diferentes —dijo Alicia—; lo que sé es que yo me notaría muy rara.

—¡Tú! —dijo desdeñosamente la Oruga—. ¿Tú quién eres?

Lo cual los llevó de nuevo al principio de la conversación. Alicia se sintió un poco irritada por las observaciones tan tajantes que hacía la Oruga, de modo que se irguió y dijo con mucha seriedad:

—Creo que primero debería decirme quién es usted.

—¿Por qué? —dijo la Oruga.

Se trataba de otra pregunta desconcertante; y, como a Alicia no se le ocurría ninguna buena razón que darle y la Oruga parecía de un humor muy desagradable, se dio la vuelta y empezó a alejarse.

—¡Vuelve! —le gritó la Oruga—. ¡Tengo algo importante que decirte!

Aquello sonaba prometedor, desde luego. Alicia se dio la vuelta y volvió sobre sus pasos.

—Mantén la mesura —dijo la Oruga.

—¿Es todo? —dijo Alicia aguantándose el enojo como mejor podía.

—No —dijo la Oruga.

Alicia pensó que muy bien podía esperar, dado que no tenía otra cosa que hacer, y quizá al final le dijera algo que mereciera la pena. Durante unos instantes, la Oruga se dedicó a dar chupadas a su pipa en silencio; pero al final descruzó los brazos, se sacó otra vez el narguile de la boca y dijo:

—Así que te parece que has cambiado, ¿no?

—Me temo que sí, señor —dijo Alicia—. No consigo acordarme de cosas que sabía... ¡y no logro mantener el mismo tamaño durante más de diez minutos!

—¿De qué cosas no consigues acordarte? —dijo la Oruga.

—Bueno, he intentado recitar «Qué incansable la dulce abejita», pero me ha salido diferente —contestó Alicia con voz muy melancólica.

—Recita «Eres viejo» —dijo la Oruga.

Alicia cruzó los brazos y empezó:

—Eres viejo —al anciano dijo el hijo—,
y tienes todo el pelo cano;
mas estás todo el día haciendo el pino...
¿No te parece exagerado?

—De joven —respondiole el viejo William—,
cuidé en extremo mi cerebro;
ya sé que mi cabeza está vacía,
por eso sin cesar me entreno.

—Eres viejo —volvió a decir el vástago—
y como una bola estás gordo,
pero al revés has dado ahora un salto...
¿Cómo me explicas este logro?

—De joven —contestó el canoso sabio—,
ágil mantuve todo el cuerpo
untándome un ungüento muy barato...
Si no lo tienes, te lo vendo.

—Eres viejo —afirmó el hijo—, tu boca
ya ni mastica la manteca,
mas ni un hueso has dejado de la oca...
¿Cómo has logrado tal proeza?

—De joven —dijo el padre—, fui abogado,
siempre discutí con tu madre,
y todo el ejercicio hecho antaño
me ha dado fuerza incansable.

—Eres viejo —insistió el joven—, tu vista
sigue fina y es un portento;
con la nariz sostienes una anguila...
¿De dónde sacas tu talento?

—*Tres respuestas te he dado* —*dijo el padre*—,
¡de tanta insolencia ya basta!
¿Debo oír todo el día disparates?
¡Largo o te llevas dos patadas!

—Esto no está bien recitado —dijo la Oruga.

—Me temo que no demasiado —dijo Alicia con timidez—, algunas palabras han salido cambiadas.

—Está mal de principio a fin —dijo la Oruga con rotundidad.

Y el silencio se prolongó durante unos instantes. La Oruga fue la primera en hablar.

—¿De qué tamaño quieres ser? —preguntó.

—Oh, el tamaño me da lo mismo —se apresuró a contestar Alicia—, con tal de que no cambie tan a menudo, ¿sabe?

—No sé —dijo la Oruga.

Alicia no dijo nada; en su vida le habían llevado tanto la contraria y notaba que empezaba a ponerse de malhumor.

—¿Estás satisfecha ahora? —dijo la Oruga.

—Bueno, me gustaría ser un poco más grande, señor, si no le importa —dijo Alicia—; ocho centímetros es una altura espantosa.

—¡Es una altura estupenda! —dijo la Oruga enfadada, irguiéndose al hablar.

(Medía exactamente ocho centímetros.)

—¡Pero es que no estoy acostumbrada! —suplicó la pobre Alicia con tono lastimero.

Y pensó: «¡Me gustaría que estas criaturas no se ofendieran con tanta facilidad!».

—Te acostumbrarás con el tiempo —dijo la Oruga, y se colocó el narguile en la boca y se puso de nuevo a fumar.

Esa vez, Alicia esperó pacientemente hasta que se dignara hablar de nuevo. Al cabo de unos instantes, la Oruga se sacó el narguile de la boca, bostezó una o dos veces y se sacudió. A continuación se bajó de la seta, se internó lentamente entre la hierba y se limitó a observar mientras se alejaba:

—Un lado te hará más grande y el otro te hará más pequeña.

«Un lado, ¿de qué? El otro lado, ¿de qué?», pensó Alicia.

—De la seta —dijo la Oruga, como si Alicia lo hubiera preguntado en voz alta; y un instante después se perdió de vista.

Alicia se quedó mirando pensativa la seta durante unos instantes, intentando descubrir cuáles serían sus dos lados; y, dado que era completamente circular, encontró que se trataba de un problema muy difícil. Sin embargo, al final la rodeó con los brazos, estirándolos tanto como pudo, y rompió un trocito con cada mano.

«¿Y ahora cuál es cuál?», se dijo, y mordisqueó un poco del trozo de la mano derecha para probar su efecto. Un instante después notó una violenta sacudida bajo la barbilla: ¡acababa de darse un golpe contra los pies!

Ese cambio tan repentino la asustó muchísimo, pero le pareció que no había tiempo que perder, puesto que se encogía a toda velocidad; así que enseguida se dispuso a comer un poco del otro trozo. Tenía la barbilla tan apretada contra los pies que apenas había sitio para abrir la boca; de todos modos, al final lo logró y consiguió tragar un bocado del trozo de la mano izquierda.

*   *   *   *
  *   *   *
*   *   *   *

—¡Por fin tengo la cabeza libre! —dijo Alicia con gran alegría.

Sin embargo, un instante después la alegría se transformó en alarma al darse cuenta de que no veía por ningún sitio los hombros. Cuanto acertaba a distinguir, al mirar hacia abajo, era un larguísimo cuello que parecía elevarse como el tallo de una planta sobre un mar de hojas verdes situado muy por debajo de ella.

—¿Qué será esa cosa verde? —dijo Alicia—. ¿Y dónde se han metido mis hombros? Y, ay, mis pobres manitas, ¿por qué no os veo? Las movía mientras hablaba, pero no lograba percibir ningún resultado, salvo una pequeña agitación entre las distantes hojas verdes.

Como no parecía que fuera posible subir las manos hasta la cabeza, intentó bajar la cabeza hasta ellas y se alegró al descubrir que su cuello se doblaba con facilidad en cualquier dirección, como una serpiente. Acababa de lograr curvarlo hacia abajo formando unas elegantes eses y estaba a punto de meterse entre las hojas, que según descubrió no eran otra cosa que las copas de los árboles bajo los que había estado paseando, cuando un agudo siseo la hizo retroceder a toda prisa: una gran paloma le había golpeado la cara y la aporreaba furiosamente con las alas.

—¡Serpiente! —chilló la Paloma.

—¡No soy una serpiente! —dijo Alicia con indignación—. ¡Déjame!

—¡Serpiente, te lo repito! —insistió la Paloma, aunque en un tono más contenido; y, con una especie de sollozo, añadió—: ¡Lo he intentado todo, pero nada sirve!

—No tengo ni idea de qué me hablas —dijo Alicia.

—Lo he intentado en las raíces de los árboles, en las orillas de los ríos y en los setos —prosiguió la Paloma sin hacerle caso—, pero ¡cómo son estas serpientes! ¡No hay forma de tenerlas contentas!

Alicia estaba cada vez más desconcertada, pero pensó que sería inútil añadir nada hasta que la Paloma acabara de hablar.

—¡Como si no hubiera bastante con empollar los huevos —prosiguió la Paloma—; además, tengo que estar pendiente de las serpientes día y noche! ¡Llevo tres semanas sin pegar ojo!

—Siento mucho haberte molestado —dijo Alicia, que empezaba a comprender lo que quería decir la Paloma.

—¡Y justo cuando acababa de elegir el árbol más alto del bosque —continuó la Paloma alzando la voz hasta transformarla en un chillido—, justo cuando creía que me había librado por fin de ellas, tienen que caer retorciéndose del cielo! ¡Puaf, serpiente!

—¡Pero te digo que no soy una serpiente! —dijo Alicia—. Soy una... soy una...

—¡Bueno! ¿Qué eres? —dijo la Paloma—. ¡Ya veo que intentas inventarte algo!

—¡Soy... soy una niña! —exclamó Alicia, llena de dudas, porque recordaba los muchos cambios por los que había pasado ese día.

—¡Menudo cuento! —dijo la Paloma con el más profundo desprecio—. ¡He visto a muchas niñas en mi vida, pero ninguna con un cuello como éste! ¡No, no! Eres una serpiente; y no te esfuerces en negarlo. ¡Supongo que ahora me vas a decir que nunca has comido un huevo!

—Claro que he comido huevos —dijo Alicia, que era una niña que siempre decía la verdad—; pero es que las niñas comen huevos igual que las serpientes, ¿no lo sabes?

—No te creo —dijo la Paloma—, pero en todo caso, si es así, entonces sois una clase de serpientes, no te digo más.

Para Alicia aquella idea resultaba tan nueva que se quedó callada durante unos instantes, lo cual le dio a la Paloma la oportunidad de añadir:

—Andas en busca de huevos, lo sé muy bien; ¿y a mí qué me importa que seas una niña o una serpiente?

—A mí me importa mucho —se apresuró a contestar Alicia—, pero además resulta que no ando en busca de huevos; y, si así fuera, no querría los tuyos. No me gustan crudos.

—¡Bueno, pues entonces vete! —dijo la Paloma con voz malhumorada, mientras se instalaba otra vez en su nido.

Alicia se agachó entre los árboles lo mejor

que pudo, porque el cuello no dejaba de enredársele entre las ramas y a cada momento tenía que detenerse y desliarlo. Al cabo de un rato recordó que aún tenía los trozos de seta en las manos y se puso a comerlos con mucho cuidado, mordisqueando primero uno y luego otro, haciéndose a veces más grande y otras más pequeña, hasta que al final logró devolverse a su talla habitual.

Hacía tanto tiempo que no tenía algo parecido al tamaño correcto que al principio se sintió un poco rara; pero se acostumbró al cabo de un momento y empezó a hablar consigo misma, como siempre:

—¡Bueno, ya he realizado la mitad de mi plan! ¡Qué desconcertantes son todos estos cambios! ¡Nunca estoy segura de cómo voy a ser al instante siguiente! El caso es que he vuelto a mi tamaño correcto: lo siguiente es entrar en ese hermoso jardín... Me pregunto cómo podré hacerlo.

Nada más decir esas palabras, llegó de improviso a un claro en el bosque, donde había una casita de poco más de un metro de altura.

«Sean quienes sean los que vivan aquí —pensó Alicia—, no sería adecuado ir a verlos con este tamaño; ¡además, les daría un susto de muerte!»

Así que empezó a mordisquear otra vez el trozo de la mano derecha, y no se atrevió a acercarse a la casa hasta haberse reducido a unos veinte centímetros de altura.

CAPÍTULO 6
Cerdo y pimienta

Se quedó mirando la casa durante unos instantes, preguntándose qué haría a continuación; de repente un lacayo con librea —(consideró que era un lacayo porque iba vestido con una librea; de otro modo, a juzgar sólo por su cara, habría dicho que era un pez)— salió corriendo del bosque y aporreó la puerta con los nudillos. La abrió otro lacayo con librea, de cara redonda y ojos grandes como una rana; los dos lacayos, según observó Alicia, llevaban empolvada la ensortijada peluca que les cubría toda la cabeza. Sintió mucha curiosidad por saber qué hacían, así que salió un poco del bosque para escucharlos.

El Lacayo Pez sacó de debajo del brazo un sobre enorme, casi tan grande como él, y se lo entregó al otro, diciendo con voz solemne:

—Para la Duquesa. Una invitación de la Reina para jugar al cróquet.

El Lacayo Rana repitió, con el mismo tono solemne, aunque cambiando un poco el orden de las palabras:

—De la Reina. Una invitación para la Duquesa para jugar al cróquet.

A continuación ambos hicieron una profunda reverencia, y los rizos se les enredaron.

Entonces Alicia se echó a reír tan alto que tuvo que meterse corriendo en el bosque por temor a que la oyeran; y, cuando volvió a mirar otra vez, el Lacayo Pez se había ido y el otro estaba sentado junto a la puerta, contemplando como un tonto el cielo.

Alicia se acercó con timidez a la puerta y llamó.

—No sirve de nada que llames —dijo el Lacayo—, y eso por dos razones. Primero, porque estoy en el mismo lado de la puerta que tú. Segundo, porque dentro están haciendo tanto ruido que es imposible que te oiga nadie.

Y ciertamente dentro había un ruido de lo más extraordinario: berridos y estornudos constantes y, de vez en cuando, un gran estrépito, como si se rompiera en pedazos una fuente o una tetera.

—Por favor, dígame entonces cómo hago para entrar —le pidió Alicia.

—Podría tener sentido que llamaras —prosiguió el Lacayo, sin prestarle atención— si entre nosotros hubiera una puerta. Por ejemplo, si tú estuvieras dentro y yo pudiera dejarte salir, ¿comprendes?

Mientras hablaba no dejó de mirar el cielo todo el rato, lo cual a Alicia le pareció de lo más descortés.

«Pero a lo mejor no lo puede remediar —se dijo—; tiene los ojos muy cerca de la parte de arriba de la cabeza. Aunque, de todos modos, podría contestar las preguntas.»

—¿Cómo hago para entrar? —repitió en voz alta.

—Me quedaré aquí sentado hasta mañana... —observó el Lacayo.

En ese momento, la puerta de la casa se abrió, y un gran plato salió volando, directo hacia la cabeza del Lacayo: le pasó rozando la nariz y se hizo añicos contra uno de los árboles situados detrás de él.

—... o a lo mejor hasta pasado mañana —continuó el Lacayo con el mismo tono de voz, igual que si no hubiera ocurrido nada.

—¿Cómo hago para entrar? —preguntó otra vez Alicia, en voz más alta.

—¿Tienes que entrar? —respondió el Lacayo—. Ésa es la primera pregunta.

Sin duda lo era, sólo que a Alicia no le gustó que se lo recordaran.

—Es realmente horrorosa la forma que tienen de razonar estas criaturas —murmuró para sí—. ¡Al final te vuelves loca!

Al Lacayo le pareció que era una buena oportunidad para repetir su observación, con alguna variante.

—Me quedaré aquí sentado —dijo—, casi sin levantarme, durante días y días.

—Pero ¿yo qué hago? —preguntó Alicia.

—Lo que quieras —dijo el Lacayo, y empezó a silbar.

—Bah, no sirve de nada hablar con él —dijo Alicia con desesperación—, ¡es un redomado idiota!

Y abrió la puerta y entró.

La puerta daba directamente a una gran cocina llena por completo de humo: la Duquesa estaba sentada en el centro sobre un taburete de tres patas, arrullando a un bebé; la cocinera se inclinaba sobre un fogón, revolviendo el contenido de un gran caldero que parecía lleno de sopa.

«¡Desde luego, esa sopa tiene demasiada pimienta!», se dijo Alicia como pudo, presa de un ataque de estornudos.

Desde luego, el aire tenía demasiada pimienta. Incluso la Duquesa estornudaba de vez en cuando; y, en cuanto al bebé, estornudaba y berreaba alternativamente sin un momento de pausa. Las dos únicas criaturas de la cocina que no estornudaban eran la cocinera y un gran gato que estaba tumbado junto al hogar y sonreía de oreja a oreja.

—Por favor, ¿podría decirme —preguntó Alicia con cierta timidez, porque no estaba demasiado segura de que fuera de buena educación ser la primera en hablar— por qué sonríe de esa manera su gato?

—Porque es un gato de Cheshire —dijo la Duquesa—. ¡Cerdo!

Pronunció la última palabra con una violencia tan repentina que Alicia estuvo a punto de dar un salto; pero enseguida se dio cuenta de que se dirigía al bebé y no a ella, de modo que se armó de valor y continuó:

—No sabía que los gatos de Cheshire sonrieran siempre; en realidad, no sabía que los gatos pudieran sonreír.

—Todos pueden —dijo la Duquesa—, y la mayoría lo hacen.

—No sé de ninguno que lo haga —dijo Alicia muy cortésmente, bastante contenta de haber conseguido entablar conversación.

—Pues la verdad es que no sabes mucho —replicó la Duquesa.

A Alicia no le gustó en absoluto el tono de ese comentario, y pensó en introducir otro tema de conversación. Mientras intentaba encontrar alguno, la cocinera retiró el caldero de sopa del fuego y, de repente, empezó a arrojar cuanto estaba a su alcance a la Duquesa y al bebé: primero fueron los utensilios de la chimenea, después siguió una lluvia de cacerolas, platos y fuentes. La Duquesa no parecía inmutarse, ni siquiera cuando le golpeaban; y el bebé berreaba ya tanto que resultaba imposible decir si le dolían o no los golpes.

—¡Eh, por favor, cuidado con lo que hace! —gritó Alicia, retrocediendo aterrorizada de un salto—. ¡Ay, adiós a su preciosa nariz! —añadió cuando una cacerola de tamaño extraordinario rozó al bebé y casi se la arranca.

—Si todo el mundo se ocupara de sus asuntos —dijo la Duquesa con un ronco gruñido—, el mundo giraría mucho más deprisa.

—Lo cual no sería ninguna ventaja —dijo Alicia, feliz de tener una oportunidad de mostrar un poco sus conocimientos—. ¡Imagínese el lío que se armaría con el día y la noche! Como sabe, la tierra tarda veinticuatro horas en dar una vuelta alrededor de su eje...

—Hablando de ejecuciones —dijo la Duquesa—, ¡que le corten la cabeza!

Alicia miró con mucha inquietud a la cocinera para ver si se daba por aludida; pero la cocinera estaba ocupada revolviendo la sopa y no parecía estar escuchando, de modo que prosiguió:

—Veinticuatro horas, creo; ¿o son doce? No...

—¡Vamos, no me des la lata —dijo la Duquesa—, nunca he soportado los números!

Y volvió a arrullar a su bebé, al tiempo que le cantaba una especie de nana y le propinaba una violenta sacudida al final de cada verso:

Habla a gritos a tu hijo,
dale fuerte si estornuda;
lo que quiere es hacer ruido,
porque sabe que disgusta.

CORO
(Al que se unieron la cocinera y el bebé:)
¡Bua, bua, bua!

Mientras cantaba la segunda estrofa de la canción, la Duquesa no dejó de zarandearlo arriba y abajo con violencia, y el pobrecito berreó tanto que Alicia casi no pudo oír la letra:

Hablo a gritos a mi hijo,
le doy fuerte si estornuda;
cuando olvida sus caprichos
la pimienta sí le gusta.

CORO
¡Bua, bua, bua!

—¡Toma! ¡Puedes arrullarlo un rato tú si quieres! —dijo la Duquesa a Alicia, lanzándole el bebé—. Tengo que arreglarme para ir a jugar al cróquet con la Reina.

Y salió a toda prisa de la habitación. La cocinera le arrojó una sartén cuando se iba, pero falló por poco.

Alicia atrapó al bebé con cierta dificultad, puesto que la criaturita tenía una forma rara y estiraba los brazos y las piernas en todas las direcciones, «igual que una estrella de mar», pensó Alicia. El pobrecito resoplaba como una máquina de vapor cuando lo agarró, y no dejaba de doblarse y estirarse, de modo que en un primer momento lo único que pudo hacer Alicia fue impedir que se le cayera.

En cuanto descubrió la forma adecuada de arrullarlo (que era retorciéndolo en una especie de nudo y luego sujetándolo con firmeza por la oreja derecha y el pie izquierdo de manera que no pudiera soltarse), lo sacó de la casa. «Si no me llevo a este niño conmigo —pensó Alicia—, seguro que lo matan en uno o dos días.»

—Sería un crimen irme sin él —añadió en voz alta.

Y el pequeño soltó un gruñido a modo de respuesta (en ese momento ya había dejado de estornudar).

—No gruñas —dijo Alicia—; ésa no es una manera adecuada de expresarte.

El bebé gruñó de nuevo, y Alicia le miró con inquietud la cara para ver qué le pasaba. No cabía duda de que tenía la nariz muy respingona, más similar a un hocico que a una nariz de verdad; también los ojos se estaban volviendo pequeñísimos para un bebé: a Alicia no le gustó nada su aspecto. «Pero a lo mejor es sólo por los sollozos», pensó, y lo miró otra vez a los ojos para ver si tenían lágrimas.

No, no tenían lágrimas.

—Cariño, si te vas a convertir en cerdo —dijo Alicia con voz seria—, no me pienso ocupar más de ti. ¡Así que pórtate bien!

El pobrecito volvió a sollozar (o a gruñir, resultaba imposible distinguir lo uno de lo otro), y se alejaron durante un rato en silencio.

Alicia había empezado a decirse: «¿Y qué voy a hacer ahora con esta criatura cuando llegue a casa?», cuando el pequeño gruñó otra vez, y lo hizo de forma tan violenta que ella lo miró a la cara con gran preocupación. Esa vez no hubo ninguna posibilidad de error: era, ni más ni menos, un cerdo; y ella comprendió que resultaba bastante absurdo seguir acarreando con él.

De modo que dejó a la criaturita en el suelo y se sintió muy aliviada al verlo trotar tranquilamente y adentrarse en el bosque. «Si hubiera crecido —se dijo—, se habría convertido en un niño feísimo; sin embargo, creo que es bastante guapo como cerdo.» Y se puso a pensar en otros bebés y niños que conocía, que serían unos cerdos estupendos, y justo estaba diciéndose: «sólo con saber la forma adecuada de transformarlos...», cuando se sobresaltó un poco al ver al Gato de Cheshire sentado sobre la rama de un árbol a sólo unos metros de distancia.

El Gato se limitó a sonreír cuando la vio. Parecía cariñoso, pensó Alicia; de todos modos, tenía unas uñas larguísimas y muchos dientes afilados, por lo que consideró que debía tratarlo con respeto.

—Gatito de Cheshire... —empezó muy tímidamente, porque no sabía si le gustaría que lo llamara así.

Sin embargo, el Gato se limitó a sonreír más. «Bueno, por ahora no se enfada», pensó Alicia, y prosiguió:

—Por favor, ¿podrías decirme qué camino tengo que seguir?

—Eso depende bastante de adónde quieras llegar —dijo el Gato.

—El adónde no me importa mucho... —dijo Alicia.

—Entonces no importa qué camino sigas —dijo el Gato.

—... siempre que llegue a algún sitio —añadió Alicia a modo de explicación.

—Ah, eso seguro —dijo el Gato—, si caminas lo suficiente.

A Alicia no le pareció posible negar aquello, de modo que lo intentó con otra pregunta.

—¿Qué clase de gente vive por aquí?

—En esa dirección —dijo el Gato agitando la pata derecha— vive un sombrerero; y en esa dirección —añadió agitando la otra— vive una liebre de marzo. Visita a quien quieras, los dos están locos.

—Pero yo no quiero visitar a locos —observó Alicia.

—Ah, eso no lo puedes evitar —dijo el Gato—, aquí todos estamos locos. Yo estoy loco. Tú estás loca.

—¿Cómo sabes que estoy loca? —dijo Alicia.

—Tienes que estarlo —dijo el Gato—, de otro modo no habrías venido.

A Alicia no le pareció que aquello probara nada; sin embargo, continuó:

—¿Y cómo sabes que estás loco?

—Para empezar —dijo el Gato—, los perros no están locos. ¿Eso lo admites?

—Supongo que sí —dijo Alicia.

—Muy bien —prosiguió el Gato—, pues al perro lo ves gruñir cuando se enfada y mover la cola cuando está contento. En cambio, yo gruño cuando estoy contento y muevo la cola cuando me enfado. Por lo tanto, estoy loco.

—A eso yo lo llamo ronronear, no gruñir —dijo Alicia.

—Llámalo como quieras —dijo el Gato—. ¿Juegas hoy al cróquet con la Reina?

—Me gustaría mucho —dijo Alicia—, pero todavía no me han invitado.

—Allí me verás —dijo el Gato, y desapareció.

Alicia apenas se sorprendió por ello, porque ya se iba acostumbrando bastante a que sucedieran cosas raras. Seguía contemplando todavía el lugar que había ocupado, cuando el Gato volvió a aparecer de repente.

—Por cierto, ¿qué ha pasado con el bebé? —dijo el Gato—. Casi me olvido de preguntártelo.

—Se ha convertido en cerdo —respondió Alicia con toda naturalidad, como si el Gato hubiera regresado de forma normal.

—Sabía que pasaría eso —dijo el Gato, y desapareció de nuevo.

Alicia esperó un poco, con la vaga esperanza de volver a verlo, pero no apareció, y, al cabo de unos instantes, se puso en marcha hacia donde había dicho que vivía la Liebre de Marzo. «Ya he visto a sombrereros antes —se dijo—, la Liebre de Marzo será mucho más interesante y, como estamos en mayo, a lo mejor no la encuentro completamente loca, al menos no tanto como si estuviéramos en marzo.»

Mientras se decía esto, alzó la vista, y allí estaba de nuevo el Gato, sentado sobre la rama de un árbol.

—¿Has dicho cerdo o puerro? —dijo.

—He dicho «cerdo» —contestó Alicia—; y me gustaría que no aparecieras y desaparecieras tan bruscamente: ¡mareas a cualquiera!

—De acuerdo —dijo el Gato.

Y esa vez desapareció muy despacio, empezando por el final de la cola y terminando por la sonrisa, que permaneció un tiempo después de que todo lo demás se hubiera esfumado.

«Vaya, he visto muchas veces un gato sin sonrisa —pensó Alicia—, pero una sonrisa sin gato... ¡Es lo más curioso que he visto en toda mi vida!»

No había andado mucho cuando divisó la casa de la Liebre de Marzo; pensó que ésa debía de ser su casa, porque las chimeneas tenían forma de orejas y el tejado estaba hecho de piel. Era una casa tan grande que no se atrevió a acercarse más sin haber mordisqueado de nuevo el trozo de seta de la mano izquierda y crecido hasta algo más de medio metro; incluso entonces se acercó con bastante timidez, diciéndose: «¿Y si está completamente loca a pesar de todo? ¡Casi preferiría haber ido a ver al Sombrerero!».

CAPÍTULO 7
Una merienda de locos

Frente a la casa había una mesa dispuesta bajo un árbol, y la Liebre de Marzo y el Sombrerero tomaban el té; entre ellos, se hallaba profundamente dormido un lirón que los otros dos utilizaban como cojín, apoyando sobre él los codos y hablando por encima de su cabeza. «Debe de ser bastante incómodo para el Lirón —pensó Alicia—; aunque, como está dormido, supongo que no le importa.»

La mesa era grande, pero los tres se apretaban en una esquina.

—¡No hay sitio, no hay sitio! —gritaron en cuanto vieron acercarse a Alicia.

—¡Hay sitio de sobra! —dijo Alicia con indignación, y se sentó en una gran butaca en un extremo de la mesa.

—Sírvete un poco de vino —dijo la Liebre con tono amable.

Alicia miró por la mesa, pero sólo había té.

—No veo vino por ningún sitio —observó.

—Es que no hay —dijo la Liebre de Marzo.

—Pues no ha sido muy cortés por tu parte ofrecérmelo —dijo Alicia enfadada.

—No ha sido muy cortés por tu parte sentarte sin que nadie te invite —dijo la Liebre de Marzo.

—No sabía que la mesa fuera tuya —dijo Alicia—; está puesta para muchos más que tres.

—Necesitas un buen corte de pelo —dijo el Sombrerero.

Había estado mirando a Alicia con gran curiosidad, y ése fue su primer comentario.

—Tendrías que aprender a no hacer comentarios de carácter personal —dijo Alicia con cierta severidad—. Es muy grosero.

Al oír eso el Sombrerero abrió los ojos de par en par; pero cuanto dijo fue:

—¿En qué se parece un cuervo a un escritorio?

«¡Vaya, ahora nos vamos a divertir! —pensó Alicia—. Me alegro de que empiecen con las adivinanzas...»

—Creo que lo puedo adivinar —añadió en voz alta.

—¿Quieres decir que piensas que puedes encontrar la respuesta? —dijo la Liebre de Marzo.

—Eso es —repuso Alicia.

—Entonces tienes que decir lo que quieres decir —continuó la Liebre de Marzo.

—Eso hago —contestó rápidamente Alicia—; al menos... al menos quiero decir lo que digo... es lo mismo, ¿no?

—¡No lo es en absoluto! —dijo el Sombrerero—. ¡Vamos, es como si dijeras que «Veo lo que como» es lo mismo que «Como lo que veo»!

—¡Es como si dijeras —añadió la Liebre de

Marzo— que «Me gusta lo que tengo» es lo mismo que «Tengo lo que me gusta»!

—Es como si dijeras —añadió el Lirón, que parecía hablar en sueños— que «Respiro cuando duermo» es lo mismo que «Duermo cuando respiro».

—En tu caso es lo mismo —dijo el Sombrerero.

Y en este punto la conversación decayó, y el grupo permaneció en silencio, mientras Alicia pensaba en todas las cosas que era capaz de recordar acerca de cuervos y escritorios, que no eran muchas.

El Sombrerero fue el primero en romper el silencio.

—¿A qué día del mes estamos? —dijo, volviéndose hacia Alicia.

Se había sacado el reloj del bolsillo y lo miraba con inquietud, sacudiéndolo de vez en cuando y llevándoselo a la oreja.

Alicia pensó un poco y dijo:

—A cuatro.

—¡Atrasa dos días! —suspiró el Sombrerero—. Ya te dije que la mantequilla no le iría bien a los engranajes —añadió mirando con enfado a la Liebre de Marzo.

—Era mantequilla de la mejor calidad —contestó mansamente la Liebre de Marzo.

—Sí, pero seguro que también han entrado algunas migas —refunfuñó el Sombrerero—, no tenías que haber utilizado el cuchillo del pan.

La Liebre de Marzo agarró el reloj y lo miró con pesimismo; a continuación, lo sumergió en la taza de té y lo volvió a mirar, aunque no se le ocurrió nada mejor que repetir su primer comentario:

—Era mantequilla de la mejor calidad, ¿sabes?

Alicia había estado mirando con cierta curiosidad por encima del hombro de la Liebre.

—¡Qué reloj tan raro! —observó—. Señala el día del mes, pero no señala la hora.

—¿Por qué habría de hacerlo? —murmuró el Sombrerero—. ¿Acaso tu reloj te señala el año?

—Claro que no —contestó Alicia inmediatamente—, porque se queda en el mismo año durante mucho tiempo seguido.

—Pues eso mismo hace el mío —dijo el Sombrerero.

Alicia se quedó desconcertadísima. El comentario del Sombrerero no parecía tener ningún sentido; y, sin embargo, la frase era correcta.

—No acabo de entenderte —dijo tan educadamente como pudo.

—El Lirón se ha vuelto a dormir —dijo el Sombrerero, y le vertió un poco de té caliente sobre la nariz.

El Lirón sacudió la cabeza con impaciencia; y, sin abrir los ojos, dijo:

—Claro, claro, eso mismo estaba a punto de decir yo.

—¿Has acertado ya la adivinanza? —preguntó el Sombrerero volviéndose de nuevo hacia Alicia.

—No, me rindo —contestó Alicia—. ¿Cuál es la respuesta?

—No tengo la más remota idea —dijo el Sombrerero.

—Ni yo —dijo la Liebre de Marzo.

Alicia soltó un suspiro de cansancio.

—Creo que podríais hacer algo mejor con el tiempo —dijo— en lugar de perderlo preguntando adivinanzas que no tienen respuesta.

—Si conocieras a Tiempo tan bien como yo —dijo el Sombrerero—no dirías que nosotros lo perdemos.

—No entiendo qué quieres decir —dijo Alicia.

—Es evidente que no —dijo el Sombrerero, sacudiendo la cabeza con desprecio—. ¡Imagino que nunca has dicho nada a Tiempo!

—A lo mejor no —contestó Alicia con cautela—, pero sé que tengo que llevar el tiempo cuando estudio música.

—¡Ah! Eso lo explica todo —dijo el Sombrerero—. No soporta que lo lleven a ningún sitio. Mira, si logras mantener una buena relación con él, es capaz de hacer casi todo lo que quieras con el reloj. Por ejemplo, imagina que son las nueve de la mañana, la hora de empezar las clases; sólo tienes que susurrar una frasecita a Tiempo ¡y el reloj te obedece en un abrir y cerrar de ojos! ¡La una y media, la hora del almuerzo!

(«¡Cómo me gustaría que fuera esa hora!», se dijo la Liebre de Marzo en un susurro.)

—Eso sería fantástico, desde luego —dijo Alicia pensativamente—, pero entonces... no tendría hambre.

—Al principio, a lo mejor no —dijo el Sombrerero—, pero podrías dejarlo en la una y media tanto como quisieras.

—¿Tú lo haces así? —preguntó Alicia.

El Sombrerero sacudió la cabeza con aire melancólico.

—No, yo no —contestó—. Nos peleamos el mes de marzo pasado... justo antes de que éste se volviera loco... —(señalando con la cucharilla a la Liebre de Marzo)—. Fue en el gran concierto que celebró la Reina de Corazones y yo tenía que cantar.

Ya titilas, rata alada,
¿en qué estás tan concentrada?

»A lo mejor conoces la canción, ¿no?

—Me suena —dijo Alicia.

—Como sabes —continuó el Sombrerero—, sigue así:

Sobre el mundo va tu vuelo,
cual tetera por el cielo.
Ya titilas...

En este punto, el Lirón se sacudió y empezó a cantar en sueños:

—Ya titilas, ya titilas...

Y siguió durante tanto tiempo que tuvieron que pellizcarlo para que se callara.

—Bueno, pues apenas había acabado la primera estrofa —dijo el Sombrerero—, cuando la Reina gritó: «¡No es así! ¡Está destrozando el tiempo! ¡Que le corten la cabeza!».

—¡Menuda salvaje! —exclamó Alicia.

—¡Y desde entonces —prosiguió el Sombrerero con voz pesarosa— ya no quiere hacer nada de lo que le pido! Ahora son siempre las seis.

Una brillante idea cruzó por la cabeza de Alicia.

—¿Por eso tenéis puestas tantas tazas? —preguntó.

—Sí, por eso —dijo el Sombrerero soltando un suspiro—, siempre es la hora del té, y no tenemos tiempo para lavarlas.

—Entonces supongo que vais dando vueltas alrededor de la mesa, ¿no? —dijo Alicia.

—Exacto —dijo el Sombrerero—, cuando se ensucian.

—Pero ¿qué pasa cuando volvéis al principio? —se aventuró a preguntar Alicia.

—¿Y si cambiamos de tema? —interrumpió la Liebre de Marzo, bostezando—. Me estoy cansando de éste. Propongo que la jovencita nos cuente un cuento.

—Me temo que no sé ninguno —dijo Alicia, bastante preocupada ante la propuesta.

—¡Entonces que lo cuente el Lirón! —gritaron los dos—. ¡Despiértate, Lirón!

Y en el acto se pusieron a pellizcarle los costados.

El Lirón abrió lentamente los ojos.

—No estaba durmiendo —dijo con voz ronca y débil—, he oído todo lo que decíais.

—¡Cuéntanos un cuento! —dijo la Liebre de Marzo.

—¡Sí, por favor! —suplicó Alicia.

—Y hazlo deprisa —añadió el Sombrerero— o, si no, te quedarás dormido otra vez antes de acabarlo.

—Éranse una vez tres hermanas —empezó a toda velocidad el Lirón— que se llamaban Elsie,

Lacie y Tillie; y que vivían en el fondo de un pozo...

—¿De qué se alimentaban? —dijo Alicia, que siempre mostraba un gran interés por los asuntos de la comida y la bebida.

—Se alimentaban de medicinas —dijo el Lirón, tras pensarlo unos instantes.

—Eso no es posible, ¿sabes? —observó con mucho tacto Alicia—. Se habrían puesto enfermas.

—En efecto, estaban enfermísimas —dijo el Lirón.

Alicia intentó imaginar cómo sería esa extraordinaria forma de vida, pero quedó demasiado desconcertada, de modo que prosiguió:

—Pero ¿por qué vivían en el fondo de un pozo?

—Toma un poco más de té —dijo la Liebre de Marzo, con mucha seriedad.

—Todavía no he tomado nada —contestó Alicia con tono ofendido—, así que no puedo tomar más.

—Querrás decir que no puedes tomar menos —dijo el Sombrerero—, es muy fácil tomar más que nada.

—Nadie te ha pedido tu opinión —dijo Alicia.

—¿Quién está haciendo ahora comentarios de carácter personal? —replicó el Sombrerero triunfalmente.

Alicia no supo qué responder a eso, de manera que se sirvió un poco de té y pan con mantequilla; luego se volvió hacia el Lirón y repitió su pregunta:

—¿Por qué vivían en el fondo de un pozo?

El Lirón dedicó otra vez unos instantes a pensar la respuesta y luego dijo:

—Era un pozo medicinal.

—¡Eso no existe!

Alicia comenzaba a estar muy molesta, pero el Sombrerero y la Liebre la increparon:

—¡Chis, chis!

Y el Lirón observó con voz malhumorada:

—Si eres incapaz de ser cortés, es mejor que acabes la historia tú misma.

—No, por favor, sigue —rogó Alicia muy humildemente—. No te volveré a interrumpir. Imagino que sí que puede existir uno.

—¡Pues claro! —dijo con indignación el Lirón. Sin embargo, aceptó continuar—: Y el caso es que, un día, esas tres hermanas sacaron...

—¿Sacaron qué? —dijo Alicia olvidándose de su promesa.

—Medicinas —respondió el Lirón, sin pensarlo esta vez.

—Quiero una taza limpia —interrumpió el Sombrerero—; cambiemos de lugar.

Se cambió de sitio mientras hablaba, y el Lirón lo siguió; la Liebre de Marzo se desplazó hasta el lugar del Lirón, y Alicia ocupó a regañadientes el lugar de la Liebre de Marzo. El Sombrerero fue el único en beneficiarse del cambio; y Alicia quedó mucho peor que antes, puesto que la Liebre de Marzo acababa de derramar la jarra de leche sobre su plato.

Alicia no deseaba ofender otra vez al Lirón, así que dijo con mucho cuidado:

—Pero no lo entiendo. ¿De dónde sacaban las medicinas?

—Puedes sacar agua de un pozo de agua —dijo el Sombrerero—, así que imagino que puedes sacar medicinas de un pozo medicinal, boba.

—Pero si estaban bien metidas dentro —dijo Alicia al Lirón, sin dignarse hacer caso del último comentario.

—Claro —dijo el Lirón—, metidas dentro estaban bien.

Esta respuesta confundió tanto a la pobre Alicia que dejó que el Lirón prosiguiera sin volver a interrumpirlo.

—Sacaron sus lápices —prosiguió el Lirón, bostezando y frotándose los ojos, porque le estaba entrando mucho sueño— y se pusieron a dibujar toda clase de cosas... todo lo que empieza con eme...

—¿Por qué con eme? —preguntó Alicia.

—¿Por qué no? —respondió la Liebre de Marzo.

Alicia se quedó callada.

El Lirón había cerrado ya los ojos y empezaba a quedarse dormido; pero, al ser pellizcado por el Sombrerero, se despertó de nuevo con un gritito y continuó:

—... lo que empieza con eme, como murciélagos, mariposas, memoria y mismo, ¿no dices que algunas cosas son mas o menos lo mismo?, ¿has visto alguna vez el dibujo de un mismo?

—La verdad, ahora que me lo preguntas —dijo Alicia muy confundida—, me parece que no...

—Pues entonces no hables —dijo el Sombrerero.

Esa muestra de descortesía superaba cuanto

Alicia estaba dispuesta a tolerar; se levantó indignada y se alejó; el Lirón se quedó dormido en el acto, y ninguno de los otros dos prestó atención a su partida, aunque ella se dio la vuelta una o dos veces, con la vaga esperanza de que la llamaran; la última vez que los vio, intentaban meter al Lirón en la tetera.

—¡No pienso volver a pisar ese lugar! —dijo Alicia, mientras se adentraba en el bosque—. ¡En mi vida he estado en una merienda más tonta!

Acababa de pronunciar esas palabras cuando advirtió que uno de los árboles tenía una puerta que conducía a su interior. «¡Esto es muy curioso! —pensó—. Pero hoy todo es curioso. Entraré ahora mismo.» Y entró.

De nuevo se halló en la larga sala, junto a la pequeña mesa de vidrio. «Bueno, esta vez lo haré mejor», se dijo, y empezó agarrando la pequeña llave dorada y abriendo la puerta que daba al jardín. Luego se puso a mordisquear la seta (aún conservaba un pedazo en el bolsillo) hasta que tuvo unos treinta centímetros de altura; luego se adentró por el pequeño pasillo, y luego... se encontró finalmente en el hermoso jardín, entre coloridos lechos de flores y esas refrescantes fuentes.

CAPÍTULO 8

El partido de cróquet de la Reina

Cerca de la entrada del jardín crecía un gran rosal; las rosas que daba eran blancas, pero tres jardineros se afanaban por pintarlas de rojo. A Alicia aquello le pareció muy curioso y se acercó para contemplarlos; y, justo cuando estuvo a su lado, oyó que uno de ellos decía:

—¡Ten cuidado, Cinco! ¡No me salpiques de pintura!

—No ha sido por mi culpa —dijo Cinco de malhumor—. Siete me ha empujado el codo.

A lo cual Siete levantó la vista y dijo:

—¡Eso es, Cinco! ¡Échale siempre la culpa a los demás!

—¡Es mejor que tú no digas nada! —dijo Cinco—. Ayer mismo oí que la Reina decía que merecías que te cortaran la cabeza.

—¿Por qué? —preguntó el que había hablado primero.

—¡No es asunto tuyo, Dos! —dijo Siete.

—¡Sí que es asunto suyo! —dijo Cinco—. Y se lo pienso decir... fue por llevarle a la cocinera bulbos de tulipán en lugar de cebollas.

Siete bajó la brocha y empezó a decir:

—En fin, de todas las cosas injustas...

Entonces, sus ojos se fijaron por casualidad en Alicia, que los estaba mirando, y se detuvo de repente; los demás también se volvieron, y todos hicieron una gran reverencia.

—¿Tendrían la amabilidad de decirme —intervino Alicia con cierta timidez— por qué pintan las rosas?

Cinco y Siete no contestaron nada, pero miraron a Dos. Dos empezó a hablar en voz baja:

—Bueno, la verdad es que, verá, señorita, aquí tenía que haber un rosal rojo, y pusimos uno blanco por error; y, si la Reina lo descubre, nos cortará la cabeza a todos. Así que, como ve, señorita, estamos haciendo todo lo posible, antes de que venga, para...

En ese momento, Cinco, que había estado es-
crutando con inquietud el jardín, exclamó:

—¡La Reina, la Reina!

Y los tres jardineros se lanzaron inmediatamente al suelo boca abajo. Se oyó un gran ruido
de pisadas, y Alicia miró a su alrededor, impaciente por ver a la Reina.

Primero llegaron diez soldados portando lanzas engalanadas con tréboles, todos tenían la misma forma que los tres jardineros, rectangulares y
planos, con las manos y los pies en los extremos;
luego los diez cortesanos, que estaban adornados

con diamantes por todas partes e iban de dos en dos, como los soldados. Tras ellos llegaron los pequeños infantes, que eran diez y aparecieron saltando alegremente, agarrados de la mano por parejas; estaban adornados con corazones por todas partes.

A continuación llegaron los invitados, principalmente reyes y reinas, y entre ellos Alicia reconoció al Conejo Blanco; el Conejo hablaba de modo apresurado y nervioso, sonriendo a cuanto se le decía, y pasó de largo sin fijarse en ella. Luego siguió la Jota de Corazones, llevando la corona del Rey sobre un cojín de terciopelo carmesí; y, al final de ese magnífico desfile, aparecieron EL REY Y LA REINA DE CORAZONES.

Alicia dudó mucho si tenía que tirarse boca abajo como los tres jardineros, pero no recordó haber oído semejante regla en los desfiles; «y, además, ¿cuál sería el sentido de un desfile —pensó— si toda la gente tuviera que tirarse boca abajo y no pudiera ver nada?». De modo que se quedó de pie donde estaba y esperó.

Cuando el desfile llegó frente a Alicia, todos se detuvieron y la miraron; y la Reina preguntó con severidad:

—¿Quién es ésta?

Lo preguntó a la Jota de Corazones, quien se limitó a hacer una reverencia y a sonreír a modo de respuesta.

—¡Idiota! —dijo la Reina, sacudiendo la cabeza con impaciencia. Y, volviéndose hacia Alicia, añadió—: ¿Cómo te llamas, niña?

—Me llamo Alicia, para servir a su Majestad —dijo Alicia muy educadamente. Aunque añadió para sí: «Bueno, al fin y al cabo sólo son una baraja de cartas. ¡No tienen que darme miedo!».

—¿Y quiénes son ésos? —dijo la Reina, señalando a los tres jardineros que yacían junto al rosal.

Porque, como comprenderéis, dado que estaban echados boca abajo y el dibujo de la espalda era el mismo que el del resto de la baraja, le resultaba imposible distinguir si eran jardineros, soldados, cortesanos o tres de sus propios hijos.

—¿Cómo voy a saberlo? —dijo Alicia sorprendida de su propio valor—. No es asunto mío.

La Reina se puso roja de ira y, tras mirarla un instante como una bestia salvaje, empezó a gritar:

—¡Que le corten la cabeza! ¡Que le corten...!

—¡Menudo disparate! —dijo Alicia, con voz muy fuerte y decidida.

Ante lo cual la Reina se quedó callada.

El Rey le puso una mano sobre el brazo y, con timidez, dijo:

—Ten en cuenta, querida, que sólo es una niña.

La Reina se apartó furiosa de él y ordenó a la Jota:

—¡Dales la vuelta!

Con mucho cuidado, la Jota les dio la vuelta con un pie.

—¡Levantaos! —dijo la Reina con voz fuerte y estridente.

Y los tres jardineros se incorporaron de un salto y empezaron a hacer reverencias al Rey, a la Reina, a los infantes y a todos los demás.

—¡Parad de una vez! —chilló la Reina—. Me estáis mareando. —Y luego, volviéndose hacia el rosal, añadió—: ¿Qué estabais haciendo aquí?

—Con la venia de su Majestad —dijo Dos, con tono muy humilde, poniendo una rodilla en el suelo mientras hablaba—, intentábamos...

—¡Ya veo! —dijo la Reina, que mientras tanto había estado examinando las rosas—. ¡Que les corten la cabeza!

Y el desfile se puso de nuevo en marcha, mientras tres soldados se quedaban detrás para ejecutar a los desdichados jardineros, que corrieron hacia Alicia en busca de protección.

—¡No os cortarán la cabeza! —dijo Alicia, y los colocó en una gran maceta que había cerca.

Los tres soldados deambularon durante unos instantes, buscándolos, y luego se alejaron tranquilamente tras los demás.

—¿Les habéis cortado la cabeza? —gritó la Reina.

—¡Sus cabezas han desaparecido, con la venia de su Majestad! —gritaron los soldados a modo de respuesta.

—¡Muy bien! —chilló la Reina—. ¿Sabes jugar al cróquet?

Los soldados permanecieron en silencio y miraron a Alicia, dado que la pregunta estaba evidentemente dirigida a ella.

—¡Sí! —gritó Alicia.

—¡Entonces ven! —rugió la Reina.

Y Alicia se unió al desfile, muy intrigada por lo que sucedería a continuación.

—¡Hace... hace un día muy bonito! —dijo una tímida voz a su lado.

Alicia caminaba junto al Conejo Blanco, quien la miraba a la cara con inquietud.

—Mucho —dijo Alicia—. ¿Dónde está la Duquesa?

—¡Calla! ¡Calla! —contestó rápidamente el Conejo en voz baja.

Miró con inquietud por encima de su hombro mientras hablaba y luego se puso de puntillas, acercó los labios a la oreja de Alicia y susurró:

—Está condenada a muerte.

—¿Qué ha hecho? —dijo Alicia.

—¿Has dicho «¡Qué pena!»? —preguntó el Conejo.

—No, no he dicho eso —dijo Alicia—. No me da ninguna pena. He dicho: «¿Qué ha hecho?».

—Le ha dado una bofetada a la Reina... —empezó el Conejo.

Alicia soltó una pequeña carcajada.

—¡Oh, calla! —susurró el Conejo con voz asustada—. ¡Que te va a oír la Reina! El caso es que llegó muy tarde, y la Reina dijo...

—¡A vuestros puestos! —gritó la Reina con voz de trueno.

Y la gente empezó a correr en todas direcciones, tropezando unos con otros; sin embargo, al cabo de unos instantes todos estuvieron listos, y empezó el partido.

Alicia pensó que en su vida había visto un campo de cróquet tan curioso: estaba lleno de surcos y caballones; las bolas eran erizos; los mazos, flamencos; y los soldados tenían que doblarse y permanecer apoyados sobre manos y pies para formar los arcos.

La principal dificultad que tuvo Alicia al principio fue manejar el flamenco: acertaba a sostener con relativa comodidad el cuerpo bajo el brazo, con las patas colgando, pero, cuando conseguía que estirara del todo el cuello y estaba a punto de golpear con la cabeza al erizo, el flamenco torcía el cuello y la miraba a la cara con tal expresión de desconcierto que ella no podía evitar soltar una carcajada; y, cuando conseguía bajarle la cabeza y estaba a punto de empezar de nuevo, resultaba muy molesto descubrir que el erizo ya no estaba hecho una bola y se alejaba; además, siempre que quería golpearlo, había delante un surco o un caballón y, como los soldados doblados se levantaban a cada momento y se iban a otras partes del campo, Alicia no tardó en llegar a la conclusión de que se trataba de un juego dificilísimo.

Todos jugaban a la vez, sin esperar su turno, discutiendo todo el tiempo y peleándose por los erizos; y, al cabo de muy poco, la Reina se puso hecha una furia y empezó a golpear el suelo con los pies y a gritar a cada instante: «¡Que le corten la cabeza!».

Alicia empezó a sentirse muy incómoda; era cierto que todavía no había tenido ninguna pelea con la Reina, pero sabía que eso podía suceder en cualquier instante; «y entonces —pensó— ¿qué será de mí? Aquí son aficionadísimos a cortar la cabeza de la gente; ¡lo más asombroso es que quede alguien vivo!».

Mientras buscaba alguna forma de escapar y se preguntaba si podría irse sin ser vista, notó una curiosa aparición en el aire; al principio se quedó muy desconcertada, pero tras contemplarla unos instantes descubrió que era una sonrisa y se dijo: «Es el Gato de Cheshire, ahora tendré a alguien con quien hablar».

—¿Cómo te lo estás pasando? —preguntó el Gato en cuanto hubo boca suficiente para hablar por ella.

Alicia esperó hasta que aparecieron los ojos y entonces asintió con la cabeza. «No sirve de nada hablar —pensó— hasta que no salgan las orejas, o al menos una.»

Un instante más tarde apareció toda la cabeza, y entonces Alicia dejó el flamenco y empezó un relato del partido, muy contenta de tener a alguien que la escuchara. El Gato debió de pensar que ya tenía bastante cuerpo a la vista y no siguió apareciendo más.

—Me parece que no juegan nada limpio —empezó Alicia con un tono bastante quejumbroso—, todos discuten tantísimo que una misma no se oye... y no parece que tengan reglas; o, si las tienen, nadie las sigue... y no sabes lo desconcertante que es que todas las cosas estén vivas; por ejemplo, el siguiente arco que tengo que pasar se pasea ahora mismo por el otro extremo del campo... y ahora tenía que echar fuera del campo al erizo de la Reina, ¡pero ha salido corriendo en cuanto ha visto que el mío se acercaba!

—¿Te gusta la Reina? —preguntó el Gato en voz baja.

—En absoluto, la Reina es tan...

En ese momento se dio cuenta de que la Reina estaba justo detrás de ella, escuchando, de modo que añadió:

—... probable que gane que casi no vale la pena acabar el partido.

La Reina sonrió y pasó de largo.

—¿Con quién hablas? —preguntó el Rey, acercándose a Alicia y mirando la cabeza del Gato con gran curiosidad.

—Es un amigo mío... un gato de Cheshire —dijo Alicia—, permítame que se lo presente.

—No me gusta nada su aspecto —dijo el Rey—, pero puede besarme la mano, si quiere.

—Preferiría no hacerlo —observó el Gato.

—¡No seas impertinente —dijo el Rey—, y no me mires así!

Y se puso detrás de Alicia mientras hablaba.

—Un gato puede mirar a un rey —dijo Alicia—. Lo he leído en algún libro, pero no me acuerdo dónde.

—Pues hay que suprimirlo —dijo el Rey con mucha decisión, y llamó a la Reina, que pasaba por allí en ese momento—: ¡Querida! ¡Me gustaría que suprimieras a este gato!

La Reina sólo tenía una forma de solucionar todas las dificultades, grandes o pequeñas.

—¡Que le corten la cabeza! —dijo sin ni siquiera levantar la vista.

—Voy a buscar al verdugo yo mismo —dijo el Rey con impaciencia, y partió a toda prisa.

Alicia pensó en regresar al partido y ver cómo iba, porque oía la voz de la Reina a lo lejos, gritando coléricamente. Ya la había oído sentenciar a muerte a tres jugadores por no jugar cuando les tocaba, y no le gustaba el cariz que tomaban las cosas, porque el juego se hallaba sumido en tal confusión que nunca sabía si le tocaba o no jugar. Así que partió en busca de su erizo.

Lo encontró enzarzado en una pelea con otro erizo, lo cual le pareció a Alicia una oportunidad excelente para sacar del terreno a uno de ellos con el otro; la única dificultad era que su flamenco se había escapado al otro lado del jardín, donde vio que intentaba sin éxito subirse a un árbol.

Cuando consiguió atrapar el flamenco y regresar con él, la pelea había acabado y no quedaba rastro de los erizos; «aunque eso no importa mucho —pensó Alicia—, porque ya no hay ningún arco en esta parte del campo». De modo que se colocó el flamenco debajo del brazo para que no se escapara otra vez y volvió para conversar un poco más con su amigo.

Cuando llegó junto al Gato de Cheshire quedó

sorprendida por la gran multitud congregada en torno a él; se había entablado una discusión entre el verdugo, el Rey y la Reina en la que los tres hablaban al mismo tiempo, mientras los demás permanecían en silencio y observaban la escena con bastante incomodidad.

Nada más aparecer Alicia, los tres la interpelaron para que resolviera la cuestión y los tres le repitieron sus razonamientos, aunque, dado que hablaban todos a la vez, le resultó muy difícil saber qué decían exactamente.

El razonamiento del verdugo era que no podía cortar una cabeza si no había un cuerpo del que cortarla, que no había hecho nada parecido antes y que no iba a empezar a hacerlo a sus años.

El razonamiento del Rey era que se podía cortar la cabeza a todo lo que tuviera cabeza, y que ya estaba bien de decir tonterías.

El razonamiento de la Reina era que, si no se hacía algo enseguida, haría ejecutar a todo el mundo. (Esta última observación era el motivo de que el grupo estuviera tan serio y nervioso.)

A Alicia no se le ocurrió decir otra cosa que:

—Es el gato de la Duquesa, así que lo mejor sería preguntarle a ella.

—Está en la cárcel —dijo la Reina al verdugo—, tráela.

Y el verdugo partió como una flecha.

Nada más hacerlo, la cabeza del Gato empezó a esfumarse y, cuando el verdugo regresó con la Duquesa, ya había desaparecido por completo; así que el Rey y el verdugo se pusieron a buscarlo frenéticamente por todos lados, mientras el resto del grupo regresaba al partido.

CAPÍTULO 9

La historia de la Falsa Tortuga

—¡No sabes lo contenta que estoy de volver a verte, queridísima! —dijo la Duquesa mientras cogía afectuosamente a Alicia del brazo y las dos se ponían a caminar juntas.

Alicia se alegró de hallarla de un humor tan agradable y pensó que a lo mejor era la pimienta la que había hecho que se mostrara tan violenta cuando se conocieron en la cocina.

«Cuando yo sea Duquesa —se dijo (aunque no en un tono demasiado esperanzado)— no tendré pimienta en la cocina. La sopa sabe muy bien sin ella... A lo mejor es siempre culpa de la pimienta que la gente se vuelva irritable —prosiguió, muy complacida de haber encontrado una nueva regla—, y del vinagre que se vuelva avina-

grada... y de la manzanilla que se vuelva amarga-
da... y de los azucarillos y otras golosinas que los
niños se vuelvan dulces. Ojalá lo supiera la gente,
así serían menos tacaños con los dulces...»

Llevada por sus pensamientos, se olvidó por
completo de la Duquesa, por lo que se sorprendió
un poco al oír una voz cerca de su oreja.

—Estás pensando en algo, querida, y eso hace
que te olvides de hablar. Ahora mismo no te puedo decir cuál es la moraleja de esto, pero enseguida me acordaré.

—A lo mejor no tiene ninguna —se aventuró a
observar Alicia.

—¡Qué cosas dices, niña! —exclamó la Duquesa—. Todo tiene una moraleja, sólo hay que
encontrarla.

Y se apretó aún más contra Alicia mientras
hablaba.

A Alicia no le gustaba tenerla tan cerca; primero, porque la Duquesa era muy fea; y, segundo,
porque medía la altura justa para que apoyara la
cabeza sobre su hombro, y tenía una barbilla in-
cómodamente angulosa. Sin embargo, no le gustaba ser maleducada, así que se aguantó lo mejor
que pudo.

—El partido va mucho mejor ahora —dijo, por hablar de algo.

—Así es —dijo la Duquesa—, y la moraleja de esto es... «¡Es el amor, el amor, lo que hace girar el mundo!».

—Alguien dijo —susurró Alicia— que eso pasaba cuando la gente se ocupaba de sus asuntos.

—¡Ah, bueno! Las dos cosas quieren decir más o menos lo mismo —dijo la Duquesa, hundiendo la angulosa barbilla en el hombro de Alicia mientras añadía—: y la moraleja de esto es... «Cuida del sentido, que solos se cuidan los sonidos».

«¡Cómo le gusta encontrarle moraleja a todo!», pensó Alicia.

—Imagino que te estás preguntando por qué no te abrazo por la cintura —dijo la Duquesa tras una pausa—; no lo hago porque no estoy segura del carácter de tu flamenco. ¿Crees que puedo intentarlo?

—A lo mejor suelta un picotazo —contestó con cautela Alicia, nada deseosa de que lo intentara.

—Muy cierto —dijo la Duquesa—, los flamencos y la mostaza pican. Y la moraleja de esto es... «Los pájaros del mismo nido siempre vuelan unidos».

—Sólo que la mostaza no es un pájaro —observó Alicia.

—Tienes razón, como de costumbre —dijo la Duquesa—, ¡con qué claridad expones las cosas!

—Es un mineral, me parece —dijo Alicia.

—Desde luego —dijo la Duquesa, que parecía dispuesta a decir que sí a cualquier cosa que dijera Alicia—; cerca de aquí hay una gran mina de mostaza. Y la moraleja de esto es... «Cuantas más minas, menos tuyas».

—Ah, ya me acuerdo —exclamó Alicia, que no había prestado atención al último comentario—, es un vegetal. No lo parece, pero lo es.

—Estoy completamente de acuerdo contigo —dijo la Duquesa—, y la moraleja de esto es... «Sé lo que quisieras parecer»... o, si prefieres, dicho con más claridad: «No te imagines que no ser diferente de lo que puedes parecer a otros que eres o puedas haber sido no era diferente de lo que habrías sido de haberles parecido ser en otras circunstancias».

—Creo que lo entendería mejor —dijo Alicia muy educadamente— si lo viera escrito; tal como lo dice, no acabo de comprenderlo del todo.

—Eso no es nada en comparación con lo que podría decir si quisiera —contestó la Duquesa con tono divertido.

—Le ruego que no se moleste en decirlo de forma más larga —dijo Alicia.

—¡Oh, no es ninguna molestia! —dijo la Duquesa—. Te regalo todo lo que he dicho hasta ahora.

«¡Qué regalo tan barato! —pensó Alicia—.

¡Me alegro de que la gente no haga regalos de cumpleaños como éste!» Sin embargo, no se atrevió a decirlo en voz alta.

—¿Qué, pensando otra vez? —preguntó la Duquesa, hundiendo de nuevo su pequeña y angulosa barbilla.

—Tengo derecho a pensar —dijo Alicia con brusquedad, porque empezaba a sentirse un poco irritada.

—Tanto derecho —dijo la Duquesa— como el que tienen los cerdos a volar; y la m...

Sin embargo, ahí, para gran sorpresa de Alicia, la voz de la Duquesa se interrumpió, incluso en medio de su palabra favorita, *moraleja*, y el brazo que estaba enlazado con el suyo empezó a temblar. Alicia alzó la vista y vio frente a ellas a la Reina, con los brazos cruzados y con tan mala cara como una tormenta eléctrica.

—¡Qué magnífico día, Majestad! —empezó la Duquesa con un hilo de voz.

—Mira, te hago una buena advertencia —gritó la Reina, golpeando el suelo con el pie mientras hablaba—: ¡O desapareces tú o desaparece tu cabeza, y ahora mismo! ¡Elige!

La Duquesa eligió y se esfumó en el acto.

—Sigamos con el partido —dijo la Reina a Alicia.

Alicia se asustó tanto que fue incapaz de decir nada y la siguió lentamente de vuelta al campo de cróquet.

Los demás invitados habían aprovechado la ausencia de la Reina y estaban descansando a la sombra; sin embargo, en cuanto la vieron, se apresuraron a regresar al partido, mientras la Reina se limitaba a comentar que un instante de retraso les costaría la vida.

Mientras jugaban, la Reina no dejó de pelearse con los demás jugadores y de gritar: «¡Que le corten la cabeza!». Los condenados eran colocados bajo custodia de los soldados, quienes por supuesto tenían que dejar de hacer de arcos para dedicarse a vigilar, de modo que, al cabo de media hora más o menos, no quedaron arcos, y todos los jugadores, salvo el Rey, la Reina y Alicia estaban condenados a muerte.

Entonces la Reina se detuvo, casi sin aliento, y le dijo a Alicia:

—¿Has visto ya a la Falsa Tortuga?

—No —dijo Alicia—. Ni siquiera sé lo que es una Falsa Tortuga.

—Es con lo que se hace la sopa de Falsa Tortuga —dijo la Reina.

—No he visto nunca una ni tampoco he oído hablar de ninguna.

—Entonces ven —dijo la Reina—, y te contaré su historia.

Mientras caminaban juntas, Alicia oyó que el Rey decía en voz baja a toda la comitiva:

—Estáis todos perdonados.

«¡Vaya, esto sí que es una buena noticia!», se dijo Alicia, porque se sentía bastante infeliz por la cantidad de ejecuciones ordenadas por la Reina. No tardaron en encontrarse con un Grifo, que dormía tumbado al sol. (Si no sabéis lo que es un Grifo, mirad el dibujo.)

—¡Levántate, perezoso! —dijo la Reina—, y lleva a esta jovencita a ver a la Falsa Tortuga, y que le cuente su historia. Tengo que volver para supervisar algunas ejecuciones que he ordenado.

Tras lo cual se alejó y dejó a Alicia sola con el Grifo. A Alicia no le gustó mucho el aspecto de la criatura, pero pensó que en el fondo no sería más peligroso quedarse con ella que ir tras la salvaje de la Reina, así que esperó.

El Grifo se sentó y se frotó los ojos; luego contempló a la Reina hasta que se perdió de vista; luego se rio:

—¡Tiene gracia! —dijo el Grifo, medio para sí y medio para Alicia.

—¿Qué es lo que tiene gracia? —dijo Alicia.

—Bueno, ella —dijo el Grifo—. Todo eso son imaginaciones suyas, nunca ejecutan a nadie, ¿sabes? ¡Ven!

«Aquí todo el mundo dice: "¡Ven!"» —pensó Alicia mientras lo seguía lentamente—; ¡nunca en la vida me habían dado tantas órdenes!»

No habían caminado mucho cuando a lo lejos vieron al señor Falsa Tortuga, sentado con aire triste y solitario sobre el pequeño saliente de una roca; y, cuando se acercaron, Alicia lo oyó suspirar como si se muriera de pena. Alicia se apiadó profundamente de él.

—¿Por qué está apenado? —le preguntó al Grifo.

Y el Grifo le contestó casi con las mismas palabras que antes:

—Todo eso son imaginaciones suyas, no está apenado. ¡Ven!

Así que se acercaron hasta la Falsa Tortuga, que los miró con sus grandes ojos llenos de lágrimas, pero no dijo nada.

—Esta jovencita —dijo el Grifo— quiere conocer tu historia.

—Se la contaré —dijo la Falsa Tortuga con voz grave y apagada—. Sentaos los dos y no digáis una palabra hasta que haya acabado.

Así que se sentaron y nadie habló durante unos instantes. Alicia se dijo: «No veo cómo va a acabar si no empieza». Sin embargo, esperó pacientemente.

—En otro tiempo —dijo por fin la Falsa Tor-

tuga con un profundo suspiro—, fui una tortuga
de verdad.

A estas palabras siguió un prolongadísimo silencio, roto sólo por la ocasional exclamación de
«¡Hjckrrh!» por parte del Grifo y por los constantes y profundos sollozos de la Falsa Tortuga. Alicia estuvo casi a punto de levantarse y decir: «Muchas gracias, señor, por su interesante historia»,

pero pensó que tenía que pasar algo más, de modo que se quedó sentada y permaneció callada.

—Cuando éramos pequeños —prosiguió al fin la Falsa Tortuga, tras serenarse un poco, aunque sin dejar de sollozar de vez en cuando—, íbamos a la escuela en el mar. El maestro era una vieja tortuga... lo llamábamos Tortura...

—¿Por qué lo llamabais Tortura?

—Lo llamábamos Tortura porque nos torturaba con sus clases —dijo la Falsa Tortuga con irritación—. ¡La verdad es que eres muy torpe!

—Debería darte vergüenza hacer una pregunta tan sencilla —añadió el Grifo.

A continuación ambos permanecieron sentados en silencio y miraron a la pobre Alicia, quien deseó que se la tragara la tierra. Al final el Grifo le dijo a la Falsa Tortuga:

—¡Sigue, hombre! ¡No te quedes así todo el día!

Y la Falsa Tortuga siguió con estas palabras:

—Sí, íbamos a la escuela en el mar, aunque digas que no te lo crees...

—¡Yo no he dicho que no me lo creo! —interrumpió Alicia.

—Sí que lo has dicho —dijo la Falsa Tortuga.

—¡Cállate! —intervino el Grifo, antes de que Alicia pudiera añadir nada.

La Falsa Tortuga prosiguió:

—Recibimos la mejor de las educaciones... de hecho, íbamos a la escuela todos los días...

—Yo también he ido a la escuela —dijo Alicia—. No tiene por qué estar tan orgulloso de eso.

—¿Con extras? —preguntó la Falsa Tortuga con cierta inquietud.

—Sí —dijo Alicia—, francés y música.

—¿Y lavado? —dijo la Falsa Tortuga.

—¡Desde luego que no! —dijo Alicia con indignación.

—¡Ah! Pues entonces tu escuela no era buena de verdad —dijo la Falsa Tortuga con aire de gran alivio—. Mira, en la nuestra, al final de la factura ponía: «Francés, música y lavado, con cargo extra».

—Viviendo en el fondo del mar, no les haría mucha falta —dijo Alicia.

—No tuve ocasión de aprenderlo, era demasiado caro —dijo la Falsa Tortuga con un suspiro—. Sólo hice el curso normal.

—¿En qué consistía? —preguntó Alicia.

—Primero, oler y escupir, claro —contestó la

Falsa Tortuga—; y luego las diferentes ramas de la aritmética: burla, siesta, burrificación y diversión.

—No he oído hablar nunca de «burrificación» —se aventuró a decir Alicia—. ¿Qué es?

El Grifo alzó las dos patas delanteras en señal de sorpresa.

—¡No has oído hablar nunca de burrificar! —exclamó—. Supongo que sabes lo que es «purificar», ¿no?

—Sí —dijo Alicia vacilando—, es... hacer... algo... más... puro.

—Bueno, pues entonces —prosiguió el Grifo—, si no sabes lo que es burrificar, es que eres boba.

Alicia no se sintió con muchos ánimos para seguir preguntando al respecto; de modo que se volvió hacia la Falsa Tortuga y dijo:

—¿Qué más aprendíais?

—Bueno, había escoria —contestó la Falsa Tortuga, contando las materias con las aletas—, escoria, antigua y moderna, y marografía; luego, disgusto... el maestro de disgusto era un viejo congrio que venía una vez a la semana: nos enseñaba disgusto, bostezo y finura al voleo.

—¿Y eso cómo era? —dijo Alicia.

—Bueno, no te lo puedo enseñar —dijo la Falsa Tortuga—. Estoy demasiado anquilosado. Y el Grifo no lo aprendió nunca.

—No me dio tiempo —dijo el Grifo—; yo iba con el maestro de lenguas clásicas. Era un viejo besugo, te lo puedo asegurar.

—Yo nunca fui con él —dijo la Falsa Tortuga con un suspiro—. Decían que enseñaba festín y miedo.

—Así es, así es —dijo el Grifo, suspirando a su vez.

Y ambas criaturas escondieron la cara entre las patas.

—¿Y cuántas horas teníais al día? —dijo Alicia, deseosa de cambiar de tema.

—Diez horas de asignaturas el primer día —dijo la Falsa Tortuga—, nueve al siguiente, y así cada día.

—¡Qué programa tan curioso! —exclamó Alicia.

—Por eso se llaman asignaturas, porque se asignan cada día menos horas.

Se trataba de una idea completamente nueva para Alicia, y se quedó reflexionando un poco sobre ella antes de hacer el siguiente comentario:

—Entonces, el undécimo día era fiesta, ¿no?

—Pues claro —dijo la Falsa Tortuga.

—¿Y qué hacíais el duodécimo? —preguntó Alicia con impaciencia.

—Ya hemos hablado bastante de asignaturas —interrumpió el Grifo con tono decidido—. Ahora, cuéntale algo de los juegos.

CAPÍTULO 10

La danza de los bogavantes

La Falsa Tortuga suspiró profundamente y se pasó el dorso de una aleta por los ojos. Miró a Alicia e intentó hablar, aunque, por unos instantes, los sollozos le ahogaron la voz.

—Es como si se hubiera atragantado con un hueso —dijo el Grifo, y se puso a sacudirlo y darle golpes en la espalda.

Al final, la Falsa Tortuga recuperó la voz y, con las lágrimas corriéndole por las mejillas, prosiguió:

—A lo mejor no has vivido mucho bajo el mar —(«No mucho», dijo Alicia)— y puede que nunca te hayan presentado a un bogavante —(Alicia empezó a decir: «Una vez probé...», pero enseguida se contuvo y rectificó: «No, nunca»)—, así que no te imaginas lo bonita que es la danza de los bogavantes.

—La verdad es que no —dijo Alicia—. ¿Qué clase de danza es?

—Verás —dijo el Grifo—, primero formas una fila en la orilla...

—¡Dos filas! —gritó la Falsa Tortuga—. Focas, tortugas, salmones y demás; luego, cuando has quitado todas las medusas de en medio...

—Cosa que requiere cierto tiempo —interrumpió el Grifo.

—... avanzas dos pasos...

—¡Cada uno con un bogavante como pareja! —gritó el Grifo.

—Desde luego —dijo la Falsa Tortuga—, avanzas dos pasos, te vuelves hacia tu pareja, haces un volapié...

—... cambias de bogavante y retrocedes en el mismo orden —continuó el Grifo.

—Entonces —prosiguió la Falsa Tortuga— lanzas el...

—¡El bogavante! —exclamó el Grifo, dando un salto en el aire.

—... al mar tan lejos como puedas...

—¡Lo vas a buscar nadando! —chilló el Grifo.

—¡Haces una voltereta en el agua! —gritó la Falsa Tortuga, dando grandes brincos.

—¡Cambias otra vez de bogavante! —aulló el Grifo con todas sus fuerzas.

—Vuelta a tierra otra vez y... ésa es la primera figura —dijo la Falsa Tortuga bajando de repente la voz.

Y las dos criaturas, que habían estado saltando todo ese tiempo, se sentaron otra vez muy tristes y taciturnas, y miraron a Alicia.

—Tiene que ser una danza muy bonita —dijo Alicia con timidez.

—¿Te gustaría ver un poco cómo es? —dijo la Falsa Tortuga.

—Me encantaría —dijo Alicia.

—¡Vamos, hagamos la primera figura! —dijo la Falsa Tortuga al Grifo—. Podemos hacerla sin bogavantes. ¿Quién canta?

—Oh, canta tú —dijo el Grifo—. Se me ha olvidado la letra.

De modo que empezaron a bailar con aire solemne alrededor de Alicia, pisándole de vez en cuando los pies cuando pasaban demasiado cerca y agitando las patas delanteras para marcar el compás, mientras la Falsa Tortuga cantaba la siguiente canción, muy lenta y tristemente:

—*Anda un poco más aprisa* —*exclamó la pescadilla*
a su amigo el caracol—; *la cola un delfín me pisa.*
¡Mira qué deprisa avanzan tortugas y bogavantes!
Nos esperan en la orilla... ¿no quieres unirte al baile?
¿Sí que quieres o no quieres, sí quieres un baile?
¿Sí que quieres o no quieres, no quieres un baile?

No puedes ni imaginar lo estupendo que será
cuando con los bogavantes nos arrojen a la mar.
Contestole el caracol: —*¡Para mí es muy largo el viaje!*
Dio las gracias a su amiga, pero no iría al baile.
No quería o no podía, no quería un baile.
No quería o no podía, no podía un baile.

—*Y qué importa si es largo* —*dijo su escamosa amiga*—.
¿No sabes que al otro lado también tienen una orilla?
Si te alejas de Inglaterra, Francia está menos distante.
Caracol, no palidezcas, y ven, ven a unirte al baile.
¿Sí que quieres o no quieres, sí quieres un baile?
¿Sí que quieres o no quieres, no quieres un baile?

—Gracias, ha sido muy interesante ver esta danza —dijo Alicia, muy contenta de que por fin hubiera acabado—. ¡Y también me ha gustado mucho esa curiosa canción sobre la pescadilla!

—Oh, en cuanto a la pescadilla —dijo la Falsa Tortuga—, son... las has visto, ¿verdad?

—Sí —dijo Alicia—, las he visto a menudo en la co... —se contuvo a toda prisa.

—No sé dónde está Laco —dijo la Falsa Tortuga—, pero si las has visto a menudo sabrás cómo son, ¿no?

—Eso creo —contestó Alicia pensativamente—. Tienen la cola en la boca... y pan rallado por encima.

—Te equivocas en lo del pan rallado —dijo la Falsa Tortuga—; en el mar se les iría. Pero sí que tienen la cola en la boca; y la razón es...

En este punto la Falsa Tortuga bostezó y cerró los ojos.

—Cuéntale la razón y todo eso —le dijo al Grifo.

—La razón es —dijo el Grifo— que ellas sí que quisieron ir al baile con los bogavantes. Así que las tiraron al mar. Así que tuvieron que caer muy lejos. Así que se mordieron la cola. Así que luego no pudieron soltarse. Eso es todo.

—Gracias —dijo Alicia—, es muy interesante. He aprendido muchas cosas sobre la pescadilla.

—Te puedo contar más, si quieres —dijo el Grifo—. ¿Sabes para qué sirve?

—No —dijo Alicia—. ¿Para qué?

—Para lustrar los zapatos y las botas —contestó el Grifo con mucha solemnidad.

Eso desconcertó a Alicia.

—¿Para lustrar los zapatos y las botas? —repitió asombrada.

—Bueno, ¿con qué se lustran tus zapatos? —dijo el Grifo—. ¿Cómo los abrillantas?

Alicia se los miró y pensó un poco antes de responder.

—Se lustran con betún negro, creo.

—En el fondo del mar, los zapatos y las botas —continuó el Grifo con voz grave— se lustran con pescadilla blanca. Ahora ya lo sabes.

—¿Y cómo hacéis los zapatos? —preguntó Alicia con gran curiosidad.

—Los hacen los peces zapateros, desde luego —respondió el Grifo, bastante impacientemente—, eso lo sabe cualquier chanquete.

—De haber sido la pescadilla —dijo Alicia, que aún seguía pensando en la canción—, le habría dicho al delfín: «¡Vete, por favor! ¡No te queremos con nosotros!».

—Estaban obligados a tenerlo con ellos —dijo la Falsa Tortuga—. Ningún pez en sus cabales va a ningún sitio sin un delfín.

—¿De verdad? —dijo Alicia con gran sorpresa.

—Pues claro que sí —dijo la Falsa Tortuga—. Vamos, si me viniera un pez y me dijera que se va de viaje, yo le preguntaría: «¿Con qué delfín?».

—¿No quieres decir con qué fin? —preguntó Alicia.

—Quiero decir lo que digo —replico la Falsa Tortuga con tono ofendido.

Y el Grifo añadió:

—Vamos, escuchemos algunas de tus aventuras.

—Os podría contar mis aventuras... a partir de esta mañana —dijo Alicia con un poco de timidez—; no vale la pena hablar de ayer, porque entonces era una persona diferente.

—Explica todo eso —le pidió la Falsa Tortuga.

—¡No, no! Las aventuras primero —dijo el Grifo con tono impaciente—; las explicaciones duran muchísimo tiempo.

Así que Alicia empezó a contarles sus aventuras desde el momento en que vio por primera vez al Conejo Blanco. Se puso un poco nerviosa al principio, porque las dos criaturas se colocaron muy cerca de ella, una a cada lado, y abrieron de par en par los ojos y la boca; sin embargo, fue reuniendo valor a medida que avanzaba. Sus oyentes permanecieron en completo silencio hasta la parte en que recitó «Eres viejo» a la Oruga y en que las palabras salieron diferentes, y entonces la Falsa Tortuga inspiró con fuerza y dijo:

—¡Es muy curioso!

—Más curioso no puede ser —dijo el Grifo.

—¡Salieron diferentes! —repitió pensativamente la Falsa Tortuga—. Me gustaría oírla recitar algo ahora. Dile que empiece.

Se dirigió al Grifo como si considerara que tenía alguna clase de autoridad sobre Alicia.

—Ponte de pie y recita «La voz del holgazán» —dijo el Grifo.

«¡Qué aficionadas son estas criaturas a dar órdenes y hacer recitar lecciones! —pensó Ali-

cia—. Es como si estuviera en el colegio.» Sin embargo, se levantó y empezó a recitar el poema, pero tenía la cabeza tan llena de la danza de los bogavantes que apenas supo lo que decía y la verdad es que las palabras salieron muy raras:

La voz del bogavante, la conozco sin duda:
—Me dejaste en el horno, tendré que echarme azúcar.
Con pestañas el pato, y con la nariz él
se orna cinto y botones, hacia fuera los pies.
Al bajar la marea, es alegre jilguero
y un escualo gritando con grandioso desprecio;
mas si suben las aguas, con tiburones cerca,
temblorosa y cohibida su voz siempre resuena.

—Es diferente de como lo recitaba cuando era pequeño —dijo el Grifo.

—Bueno, yo nunca lo había oído antes —dijo la Falsa Tortuga—, pero me ha parecido un completo disparate.

Alicia no dijo nada; se había sentado con la cara entre las manos, preguntándose si no ocurriría nunca nada de forma natural.

—Me gustaría que me lo explicaran —dijo la Falsa Tortuga.

—Ella no puede explicarlo —dijo el Grifo—. Sigue con la siguiente estrofa.

—Pero ¿y lo de los pies? —insistió la Falsa Tortuga—. ¿Cómo puede barnizarlos con la nariz?

—Es la primera posición de la danza —dijo Alicia.

Sin embargo, estaba desconcertadísima por todo y deseaba cambiar de tema.

—Sigue con la siguiente estrofa —repitió el Grifo—, empieza diciendo: «Pasé por su jardín».

Alicia no se atrevió a desobedecer la orden, aunque estaba segura de que todo saldría mal, por lo que continuó con voz temblorosa:

Pasé por su jardín para mirar de cerca,
comiendo vi empanada al búho y la pantera;
la fiera devoraba relleno, masa y salsa,
el plato era al búho la parte asignada.
Zampada la empanada, al búho, gran merced,
su amiga la cuchara dignose ofrecer
guardando para ella cuchillo y tenedor,
y el ágape acabado con...

—¿Qué sentido tiene recitar todo eso, si no lo vas explicando? —interrumpió la Falsa Tortuga—. ¡Es con mucho lo más confuso que he oído nunca!

—Sí, me parece que es mejor que lo dejes —dijo el Grifo.

Y Alicia se alegró muchísimo de dejarlo.

—¿Hacemos otra figura de la danza de los bogavantes? —añadió el Grifo—. ¿O prefieres que la Falsa Tortuga cante otra canción?

—Oh, una canción, por favor, si la Falsa Tortuga es tan amable.

Alicia contestó con tanto entusiasmo que el Grifo dijo con tono bastante ofendido:

—¡Humm! ¡Sobre gustos...! Amigo, cántale «Sopa de tortuga».

La Falsa Tortuga suspiró profundamente y empezó a cantar lo siguiente, con una voz ahogada por los sollozos:

> *¡Hermosa sopa, verde y nutricia,*
> *que en tu sopera eres delicia!*
> *¿Quién se resiste a tus aromas?*
> *¡Sopa nocturna, hermosa sopa!*
> *¡Sopa nocturna, hermosa sopa!*
> *¡Heeermosa sooopa!*
> *¡Heeermosa sooopa!*

¡Sooopa noctuuurna!
¡Hermosa, hermosa sopa!

¡Hermosa sopa! ¡Fuera el pescado,
fuera la carne y los otros platos!
¿Quién no daría la vida toda
por un sorbito de hermosa sopa?
¿Por un sorbito de hermosa sopa?
¡Heeermosa sooopa!
¡Heeermosa sooopa!
¡Sooopa noctuuurna!
¡Hermosa, hermosa sopa!

—¡Otra vez el estribillo! —gritó el Grifo.

Y la Falsa Tortuga había empezado a cantarlo otra vez, cuando a lo lejos resonó el grito de «¡Empieza el juicio!».

—¡Ven! —gritó el Grifo.

Y, agarrando a Alicia de la mano, salió corriendo, sin esperar el final de la canción.

—¿Qué juicio es ése? —preguntó jadeando Alicia mientras corría.

Sin embargo, el Grifo se limitó a responder:

—¡Ven!

Y se puso a correr aún más deprisa, mientras

les llegaban cada vez más débilmente, transportadas por la brisa que los seguía, las melancólicas palabras:

> *¡Sooopa noctuuurna!*
> *¡Hermosa, hermosa sopa!*

CAPÍTULO 11

¿Quién robó las tartaletas?

Cuando llegaron, el Rey y la Reina de Corazones estaban sentados en el trono, con una gran multitud congregada a su alrededor: toda clase de pájaros y otros animalillos, así como todas las cartas de la baraja; un cortesano, la Jota, estaba de pie ante ellos, envuelto en cadenas, flanqueado por dos soldados que lo custodiaban; y cerca del Rey estaba el Conejo Blanco, con una trompeta en una mano y un rollo de pergamino en la otra. En el centro de la sala había una mesa, con una gran fuente llena de tartaletas: tenían tan buen aspecto que a Alicia le entró hambre al verlas. «¡Ojalá hubiera acabado el juicio —pensó— y sirvieran el refrigerio!» Sin embargo, no parecía haber ninguna posibilidad de que aquello sucediera, por lo que se puso a mirar cuanto la rodeaba para hacer que pasara el tiempo.

Alicia no había estado antes en un tribunal de justicia, pero había leído sobre ellos en los libros, de modo que quedó muy complacida al descubrir que sabía el nombre de casi todo lo que allí había. «Ése es el juez —se dijo—, porque lleva una gran peluca.»

El juez, por cierto, era el Rey, y, como llevaba la corona encima de la peluca (mirad la ilustración que está al principio para ver cómo le quedaba), no parecía estar nada cómodo y, desde luego, su aspecto no era nada favorecedor.

«Y ésa es la tribuna del jurado —pensó Alicia—; y esas doce criaturas —(se vio obligada a decir "criaturas", porque algunos eran animalillos y otros eran pájaros)— supongo que son los jurados.»

Repitió esta última palabra dos o tres veces, porque pensaba, y con razón, que muy pocas niñas de su edad la conocían. De todos modos, con decir «miembros del jurado» habría bastado. Los doce jurados estaban todos muy ocupados escribiendo en unas pizarras.

—¿Qué hacen? —le susurró Alicia al Grifo—.

No pueden tener nada que apuntar, porque todavía no ha empezado el juicio.

—Escriben su nombre —susurró a su vez el Grifo—, por miedo a que se les olvide antes de que termine el juicio.

—¡Qué idiotas!

Alicia empezó a hablar con voz alta e indignada, pero enseguida se contuvo, porque el Conejo Blanco gritó: «¡Silencio en la sala!», y el Rey se colocó las gafas y se dedicó a mirar ansiosamente a su alrededor para descubrir quién hablaba.

Alicia vio, como si hubiera estado observando por encima de sus hombros, que todos los jurados escribían «¡Qué idiotas!» en las pizarras, e incluso descubrió que uno de ellos no sabía escribir «idiota» y tuvo que pedirle ayuda a su vecino. «¡Cómo van a quedar esas pizarras antes de que termine el juicio!», pensó Alicia.

Uno de los jurados tenía una tiza que chirriaba. Alicia, por supuesto, no iba a tolerarlo, de modo que rodeó la sala, se puso detrás de él y no tardó en encontrar la ocasión para quitársela. Lo hizo con tanta rapidez que el pobre juradito (era Bill, la lagartija) no supo qué había pasado con su tiza; así que, tras buscarla por todas partes, se vio obligado a escribir con el dedo durante el resto de la sesión; y eso no le sirvió de mucho, porque el dedo no dejaba marca en la pizarra.

—¡Heraldo, lee la acusación! —dijo el Rey.

Entonces el Conejo Blanco dio tres toques de trompeta, desenrolló el pergamino y leyó lo siguiente:

La Reina de Corazones preparó unas tartaletas
en un día de verano;
la Jota de Corazones le robó las tartaletas
y se las llevó a otro lado.

—Emitid vuestro veredicto —dijo el Rey al jurado.

—¡Todavía no, todavía no! —interrumpió a toda prisa el Conejo—. ¡Antes faltan muchas cosas!

—¡Llama al primer testigo! —dijo el Rey.

Y el Conejo Blanco dio tres toques de trompeta y gritó:

—¡El primer testigo!

El primer testigo era el Sombrerero. Apareció con una taza de té en una mano y una rebanada de pan con mantequilla en la otra.

—Le ruego que me perdone, Majestad, por aparecer con estas cosas —empezó—; pero no me había acabado el té cuando vinieron a buscarme.

—Deberías haber acabado —dijo el Rey—. ¿Cuándo empezaste?

El Sombrerero miró a la Liebre de Marzo, que lo había seguido hasta la sala del brazo del Lirón.

—Creo que fue el catorce de marzo.

—El quince —intervino la Liebre de Marzo.

—El dieciséis —dijo el Lirón.

—Apuntadlo —ordenó el Rey al jurado.

Y el jurado apuntó a toda prisa las tres fechas

en las pizarras, luego las sumó y convirtió la respuesta a chelines y peniques.

—¡Quítate tu sombrero! —dijo el Rey al Sombrerero.

—No es mío —respondió el Sombrerero.

—¡Es robado! —exclamó el Rey, volviéndose hacia el jurado, que de inmediato tomó nota de ese hecho.

—Los tengo para venderlos —añadió el Sombrerero a modo de explicación—; ninguno es mío. Soy Sombrerero.

En ese punto la Reina se puso las gafas y empezó a mirar fijamente al Sombrerero, que palideció y se puso nervioso.

—Haz tu declaración —dijo el Rey—, y no te pongas nervioso o te mando ejecutar ahora mismo.

Eso no pareció animar nada al testigo, quien empezó a apoyarse en un pie y luego en el otro, mirando con incomodidad a la Reina y, en su confusión, mordió un gran pedazo de taza en lugar de la rebanada de pan con mantequilla.

Justo en ese momento, Alicia notó una sensación muy curiosa que la desconcertó bastante hasta que descubrió de qué se trataba: estaba empezando a hacerse otra vez más grande y al principio pensó en levantarse y abandonar la sala, pero tras meditarlo decidió quedarse en su lugar mientras tuviera sitio.

—Me gustaría que no te apretaras tanto contra mí —dijo el Lirón, que se hallaba sentado junto a ella—. Casi no puedo respirar.

—No puedo evitarlo —dijo Alicia con mansedumbre—; estoy creciendo.

—No tienes derecho a crecer aquí —dijo el Lirón.

—No digas tonterías —dijo Alicia con más atrevimiento—, sabes muy bien que tú también creces.

—Sí, pero yo lo hago a un ritmo razonable —dijo el Lirón—, no de esa forma ridícula.

Se levantó muy malhumorado y se dirigió al otro extremo de la sala.

Durante todo ese tiempo la Reina no había dejado de mirar fijamente al Sombrerero y, justo mientras el Lirón cruzaba la sala, exclamó a uno de los ujieres:

—¡Traedme la lista de los cantantes del último concierto!

Y entonces el desdichado Sombrerero se puso a temblar tanto que se le salieron los dos zapatos.

—Haz tu declaración —repitió el Rey enfadado— o te mando ejecutar, estés o no nervioso.

—Soy un pobre hombre, Majestad —empezó el Sombrerero con voz temblorosa— y no había empezado a tomar mi té... no hacía más de una semana... y entre las rebanadas cada vez más finas... y el titilar de la te...

—¿El titilar de qué? —dijo el Rey.

—Empezó con la te... —contestó el Sombrerero.

—Claro que titilar empieza con una te —cortó secamente el Rey—. ¿Me tomas por ignorante? ¡Sigue!

—Soy un pobre hombre —prosiguió el Sombrerero—, y después casi todo se puso a titilar... pero la Liebre de Marzo dijo...

—¡No lo dije! —se apresuró a interrumpir la Liebre de Marzo.

—¡Sí que lo dijiste! —dijo el Sombrerero.

—¡Lo niego! —dijo la Liebre de Marzo.

—Lo niega —dijo el Rey—; quitad esta parte.

—Bueno, en cualquier caso, el Lirón dijo... —prosiguió el Sombrerero, mirando con inquietud a su alrededor para ver si también él lo negaba.

Sin embargo, el Lirón no negó nada, puesto que se había quedado dormido.

—Después de eso —continuó el Sombrerero—, corté unas cuantas rebanadas más de pan...

—Pero ¿qué dijo el Lirón? —preguntó un miembro del jurado.

—De eso no me acuerdo —contestó el Sombrerero.

—Tienes que acordarte —dijo el Rey— o te mando ejecutar.

El desgraciado Sombrerero dejó caer la taza de té y la rebanada de pan e hincó una rodilla en el suelo.

—Soy un pobre hombre, Majestad —empezó a decir.

—Un orador muy pobre, eso es lo que eres —dijo el Rey.

En ese punto una de las cobayas se puso a aplaudir con entusiasmo y fue inmediatamente sofocada por los ujieres de la sala. (Como se trata de una palabra complicada, explicaré cómo lo hicieron. Tenían un gran saco de lona que se ataba con cuerdas, y en él introdujeron de cabeza a la cobaya y luego se sentaron encima.)

«Me alegro de haber visto cómo lo hacían —pensó Alicia—. He leído con frecuencia en los periódicos, al final de los juicios: "Sonaron algunos aplausos, que fueron inmediatamente sofocados por los ujieres de la sala", y hasta ahora nunca había entendido qué significaba eso.»

—Si eso es todo lo que sabes, ya puedes bajar —continuó el Rey.

—No puedo bajar más —dijo el Sombrerero—, ya estoy en el suelo.

—Pues entonces puedes sentarte —replicó el Rey.

Aquí la otra cobaya se puso a aplaudir, y fue sofocada. «Bueno, se acabaron las cobayas —pensó Alicia—. Ahora estaremos mejor.»

—Preferiría acabarme el té —dijo el Sombrerero, lanzando una inquieta mirada a la Reina, que estaba leyendo la lista de cantantes.

—Puedes irte —dijo el Rey.

Y el Sombrerero abandonó a toda prisa la sala, sin detenerse siquiera a ponerse los zapatos.

—... y que le corten la cabeza fuera —añadió la Reina a uno de los ujieres.

Sin embargo, el Sombrerero se perdió de vista antes de que el ujier tuviera tiempo de llegar a la puerta.

—¡Llama al siguiente testigo! —exclamó el Rey.

El siguiente testigo era la cocinera de la Duquesa. Llevaba el pimentero en la mano, y Alicia adivinó quién era, incluso antes de que entrara en la sala, por el modo en que empezó a estornudar de pronto la gente sentada junto a la puerta.

—Haz tu declaración —ordenó el Rey.

—¡No me da la gana! —contestó la cocinera.

El Rey miró con preocupación al Conejo Blanco, quien dijo en voz baja:

—Su Majestad tiene que interrogar a la testigo.

—Bueno, si tengo que hacerlo, tengo que hacerlo —dijo el Rey con aire melancólico. Y, tras cruzar los brazos y mirar a la cocinera con cara de pocos amigos hasta que casi se le nubló la vista, preguntó con voz grave—: ¿De qué están hechas las tartaletas?

—De pimienta, sobre todo —dijo la cocinera.

—De medicinas —dijo una voz somnolienta detrás de ella.

—¡Atrapad a ese Lirón! —chilló la Reina—. ¡Que le corten la cabeza a ese Lirón! ¡Expulsad a ese Lirón de la sala! ¡Sofocadlo! ¡Pellizcadle! ¡Arrancadle los bigotes!

Durante algunos instantes, toda la sala quedó sumida en la confusión mientras echaban al Lirón y, cuando todos se hubieron tranquilizado de nuevo, la cocinera había desaparecido.

—¡No importa! —dijo el Rey como si se hubiera quitado un peso de encima—. Llama al siguiente testigo. —Y añadió en voz baja a la Reina—: Mira, querida, interroga tú al siguiente testigo. ¡Estas cosas me dan dolor de cabeza!

Alicia contempló al Conejo Blanco mientras manoseaba torpemente la lista, muerta de curiosidad por ver cuál sería el siguiente testigo, «porque de momento no han conseguido muchas declaraciones», se dijo. Imaginad, pues, su sorpresa cuando el Conejo Blanco, gritando todo lo que le permitía su vocecita chillona, leyó el nombre:

—¡Alicia!

CAPÍTULO 12
La declaración de Alicia

—¡Presente! —gritó Alicia.

En el atolondramiento del momento olvidó lo grande que se había hecho en los últimos minutos y se incorporó tan aprisa que volcó la tribuna del jurado con la orilla de la falda y lanzó de cabeza a todos sus miembros sobre la multitud reunida bajo ellos, y allá quedaron esparcidos de una forma que le recordó mucho a la pecera que había volcado accidentalmente la semana anterior.

—¡Oh, les ruego que me perdonen! —exclamó con gran consternación.

Y los ayudó a incorporarse tan deprisa como pudo, porque no podía sacarse de la cabeza el accidente de los peces de colores, y tenía la vaga idea de que había que recogerlos enseguida y colocarlos de nuevo en la tribuna del jurado o morirían.

—El juicio no puede continuar —dijo el Rey con voz seria— hasta que todos los miembros del jurado no hayan ocupado de nuevo sus puestos... ¡Todos! —repitió con gran énfasis, mirando con severidad a Alicia mientras hablaba.

Alicia miró la tribuna del jurado y vio que, en su apresuramiento, había colocado a la lagartija boca abajo, y el pobre Bill agitaba la cola de manera melancólica porque era completamente incapaz de enderezarse. Se apresuró a levantarlo y volvió a colocarlo bien. «No es que importe mucho —se dijo—; creo que sería de tanta utilidad en el juicio boca arriba como boca abajo.»

En cuanto los miembros del jurado se hubieron recobrado un poco de la conmoción de verse volcados, y una vez encontradas y recuperadas las pizarras y encontradas y recuperadas las tizas, todos se pusieron a escribir con gran diligencia el relato del accidente, todos salvo Bill, que estaba tan abrumado que lo único que podía hacer era permanecer sentado con la boca abierta, contemplando el techo de la sala.

—¿Qué sabes de todo este asunto? —le preguntó el Rey a Alicia.

—Nada —dijo Alicia.

—¿Nada de nada? —insistió el Rey.

—Nada de nada —repitió Alicia.

—Esto es muy relevante —dijo el Rey, volviéndose hacia el jurado.

Habían empezado a escribir eso en las pizarras, cuando el Conejo Blanco los interrumpió y dijo:

—Su Majestad quiere decir, por supuesto, muy irrelevante —dijo, con tono muy respetuoso, pero arrugando la frente y haciéndole muecas mientras hablaba.

—He querido decir irrelevante, por supuesto —se apresuró a corregirse el Rey.

Y añadió para sí en voz baja: «Relevante... irrelevante... relevante... irrelevante...», como intentando descubrir qué palabra sonaba mejor.

Algunos miembros del jurado escribieron «relevante» y otros «irrelevante». Alicia se fijó en ese detalle, puesto que estaba lo bastante cerca como para ver sus pizarras; «pero la verdad es que no importa lo más mínimo», se dijo. Entonces el Rey, que había estado ocupado durante un rato escribiendo en su cuaderno de notas, gritó:

—¡Silencio! —Y a continuación leyó de su cuaderno—: Regla cuarenta y dos: «Todas las personas que midan más de un kilómetro de altura deben abandonar la sala».

Todo el mundo miró a Alicia.

—Yo no mido un kilómetro de altura —dijo.

—Casi dos kilómetros de altura —añadió la Reina.

—Bueno, de todas formas no me pienso ir —dijo Alicia—; además, no es una regla normal: se la acaba de inventar.

—Es la regla más antigua del cuaderno —dijo el Rey.

—Pues entonces debería ser la número uno —dijo Alicia.

El Rey palideció y cerró el cuaderno a toda prisa.

—Emitid vuestro veredicto —pidió al jurado con voz temblorosa.

—Aún deben presentarse más pruebas, con la venia de su Majestad —intervino el Conejo, saltando con rapidez—; acaban de encontrar este papel en el suelo.

—¿Qué es lo que contiene? —dijo la Reina.

—Todavía no lo he desplegado —dijo el Conejo Blanco—, pero parece una carta, escrita por el prisionero a... a alguien.

—Seguro que es eso —dijo el Rey—, a menos que la haya escrito a nadie, lo cual no es lo corriente.

—¿A quién va dirigida? —preguntó un miembro del jurado.

—No va dirigida a nadie —dijo el Conejo Blanco—; en realidad, no hay nada escrito por fuera. —Mientras hablaba, desdobló el papel y añadió—: Resulta que no es una carta, son unos versos.

—¿Están escritos con la letra del prisionero? —preguntó otro miembro del jurado.

—No —repuso el Conejo Blanco—, y esto es lo más raro de todo.

(Todos los miembros del jurado parecieron desconcertados.)

—Habrá imitado la letra de alguien —dijo el Rey.

(Todos los miembros del jurado se alegraron.)

—Se lo ruego, Majestad —dijo la Jota—, yo no los he escrito; y no se puede demostrar que lo haya hecho: no están firmados.

—Si no los has firmado —dijo el Rey—, eso sólo sirve para empeorar las cosas. Habrás querido cometer alguna fechoría, de otro modo los habrías firmado, como cualquier hombre honrado.

Ante eso hubo una salva general de aplausos: era la primera cosa realmente inteligente que decía el Rey en todo el día.

—Eso demuestra su culpabilidad, por supuesto —dijo la Reina—, de modo que... que le corten...

—¡Eso no demuestra nada! —dijo Alicia—. ¡Vamos, si nadie sabe lo que dicen!

—Léelos —dijo el Rey.

El Conejo Blanco se puso las gafas.

—¿Dónde empiezo, con la venia de su Majestad? —preguntó.

—Empieza por el principio —respondió el Rey con mucha seriedad— y sigue hasta que llegues al final; y luego te detienes.

Se produjo un silencio absoluto en la sala, mientras el Conejo Blanco leía en voz alta los siguientes versos:

Me han contado que fuiste a verla
y a él me has mencionado;
de mí muy bien ha hablado ella,
mas dijo que no nado.

Él los avisó de mi ausencia
(sabemos que es así);

189

si ella en preguntar insistiera,
¿qué sería de ti?

Di una a ella, a él dos dieron,
nos diste al menos tres;
de él a ti después volvieron,
mas fui dueño antes que él.

Si ella o yo por un azar
en el asunto entráramos,
él cree que tú las soltarás,
igual que como estábamos.

Siempre te había yo juzgado
(antes de ella y su pronto)
como un obstáculo alzado
entre él, eso y nosotros.

Que a ella agradan él no sepa:
debe ser el asunto
entre tú y yo, sin injerencias,
un secreto absoluto.

—Es la prueba más relevante que he oído hasta el momento —dijo el Rey, frotándose las manos—, así que ahora el jurado...

—Si alguno de ellos puede explicar ese escrito, le daré seis peniques —dijo Alicia (había crecido tanto en los últimos minutos que ya no tenía ningún miedo de interrumpirlo)—. A mí no me parece que tenga un átomo de sentido.

Todos los jurados escribieron en las pizarras: «A ella no le parece que tenga un átomo de sentido», pero ninguno intentó explicarlo.

—Si no tiene sentido —dijo el Rey—, nos ahorramos una buena cantidad de problemas, ¿sabes?, así no tenemos que encontrarle ninguno. Y, sin embargo, no sé... —añadió, extendiendo los versos sobre su rodilla y mirándolos de reojo—, en el fondo creo ver algún sentido... «mas dijo que no nado»... No sabes nadar, ¿verdad? —añadió volviéndose hacia la Jota.

La Jota negó con la cabeza tristemente.

—¿Tengo aspecto de saber nadar? —preguntó.

(Era evidente que no sabía nadar, estando como estaba hecho totalmente de cartulina.)

—Muy bien, por ahora —dijo el Rey, y siguió repitiendo para sí los versos—: «sabemos que eso es así», esto se refiere al jurado, por supuesto... «si ella en preguntar insistiera»... ésta debe de ser la Reina... «¿qué sería de ti?»... ¡Desde luego!...

«Di una a ella, a él dos dieron...», bueno, eso deben de ser las tartaletas...

—Pero sigue diciendo «de él a ti después volvieron» —intervino Alicia.

—¡Bueno, pues ahí están! —dijo el Rey triunfalmente, señalando las tartaletas sobre la mesa—. No hay nada más claro que eso. Y luego... «antes de ella y su pronto»... tú nunca has tenido prontos, ¿verdad, querida? —dijo a la Reina.

—¡Nunca! —exclamó la Reina con furia, lanzando un tintero a la lagartija mientras hablaba.

(El pobre desdichado de Bill había dejado de escribir con el dedo en la pizarra, al descubrir que no dejaba marca; pero entonces se apresuró a empezar de nuevo, utilizando, mientras le duró, la tinta que le chorreaba por la cara.)

—Pronto abandonaré, pues, esta idea —dijo el Rey mirando a toda la sala con una sonrisa.

Se produjo un silencio mortal.

—¡Es un juego de palabras! —añadió el Rey enfadado.

Y todo el mundo rio.

—Que el jurado emita su veredicto —dijo el Rey, algo así como por vigésima vez durante el día.

—¡No, no! —dijo la Reina—. ¡Primero la sentencia... el veredicto después!

—¡Puro cuento! —dijo Alicia en voz alta.

—¡Cállate! —dijo la Reina, poniéndose lívida de ira.

—¡No quiero! —dijo Alicia.

—¡Que le corten la cabeza! —gritó la Reina con todas sus fuerzas.

Nadie se movió.

—¿A quién pensáis asustar? —dijo Alicia (había crecido ya hasta alcanzar su tamaño habitual)—. ¡Sólo sois una baraja de cartas!

Entonces toda la baraja se elevó por el aire y cayó sobre ella; Alicia soltó un pequeño grito, medio de susto y medio de rabia, e intentó golpearlas, y se encontró tumbada en la orilla del río, con la cabeza en el regazo de su hermana, que le estaba apartando suavemente algunas hojas muertas que le habían caído en la cara.

—¡Alicia, despierta, cariño! —dijo su hermana—. ¡Has dormido un buen rato!

—¡Oh, he tenido un sueño de lo más curioso! —dijo Alicia.

Y le contó a su hermana, tal como las recordaba, todas estas extrañas aventuras suyas que habéis estado leyendo; y cuando hubo acabado, su hermana le dio un beso y dijo:

—La verdad es que ha sido un sueño muy curioso, cariño; pero ahora corre a tomarte la merienda; se está haciendo tarde.

Así que Alicia se levantó y salió corriendo, pensando mientras corría, y con razón, que había tenido un sueño muy maravilloso.

Su hermana, en cambio, permaneció sentada donde Alicia la había dejado, con la cabeza apoyada en una mano, contemplando la puesta de sol y pensando en la pequeña Alicia y en todas sus maravillosas aventuras, hasta que al final ella también empezó a soñar a su manera y éste fue su sueño:

Primero, soñó con la pequeña Alicia, quien de nuevo tenía las manitas rodeando una rodilla y la miraba con sus ojos llenos de vida y entusiasmo... oyó el timbre de su voz y vio su peculiar movimiento de cabeza para apartarse el mechón que siempre le caía sobre los ojos... y mientras la seguía escuchando, o le parecía que la escuchaba, todo cuanto la rodeaba cobró vida y se llenó con las sorprendentes criaturas del sueño de su hermana pequeña.

La hierba crecida susurró a sus pies mientras el Conejo Blanco pasaba corriendo... el asustado Ratón cruzó chapoteando un estanque cercano... oyó el tintineo de las tazas de té mientras la Liebre de Marzo y sus amigos compartían una interminable merienda, así como la estridente voz de la Reina condenando a muerte a los desdichados invitados... de nuevo el bebé cerdo estornudó sobre la rodilla de la Duquesa, mientras los platos y las fuentes se estrellaban a su alrededor... de nuevo el chillido del Grifo, el chirriar de la tiza con la que la lagartija escribía en la pizarra y los ruidos ahogados de las cobayas sofocadas llenaron el aire, se mezclaron con el sollozo lejano de la desconsolada Falsa Tortuga.

De modo que permaneció sentada, con los ojos cerrados, y casi se creyó en el país de las maravillas, aunque sabía que sólo con volver a abrirlos todo se convertiría en aburrida realidad... la hierba sólo susurraría debido al viento, el estanque sólo se ondularía por el agitar de los juncos... las tintineantes tazas de té se convertirían en las repiqueteantes esquilas de las ovejas, los estridentes gritos de la Reina en la voz del pastorcillo... el estornudo del bebé, el chillido del Grifo y todos los demás ruidos extraños se convertirían (lo sabía) en la confusa algarabía de un corral lleno de actividad... mientras que el mugir de las vacas a lo lejos sustituiría los profundos sollozos de la Falsa Tortuga.

Por último, imaginó cómo esa pequeña hermanita suya se transformaría, con el paso del tiempo, en una mujer mayor; cómo conservaría, durante todos los años de madurez, el sencillo y cariñoso corazón de su infancia; cómo reuniría a su alrededor a otros niños pequeños y haría que sus ojos se llenaran de vida y entusiasmo con muchos cuentos sorprendentes, quizá incluso el sueño del país de las maravillas soñado mucho tiempo atrás; y cómo comprendería todas sus ingenuas tristezas y disfrutaría con todas sus ingenuas alegrías, recordando su propia niñez y los felices días de verano.

Lewis Carroll

Seguramente Lewis Carroll querría que dijéramos de él que fue un gran inventor de juegos de palabras, un prestidigitador al que le gustaba mucho el ajedrez y las cartas. Aunque a Carroll lo conocemos con este nombre, en realidad se llamaba Charles Lutwidge Dodgson y usaba ese pseudónimo para firmar las alocadas aventuras de Alicia. Fue un matemático y profesor de universidad nacido en 1832 en Cheshire —y por eso el gato de Alicia se llama así—, en el Reino Unido. Aunque escribió varios libros de matemáticas y lógica, lo recordamos por sus maravillosas obras literarias *Alicia en el país de las maravillas* y *A través del espejo*.

ÍNDICE

Austral Intrépida recopila las obras más emblemáticas de la literatura juvenil, dirigidas a niños, jóvenes y adultos, con la voluntad de reunir una selección de clásicos indispensables en la biblioteca de cualquier lector.

OTROS TÍTULOS DE LA COLECCIÓN:

Alicia en el país de las maravillas, Lewis Carroll
Las aventuras de Tom Sawyer, Mark Twain
La Isla del Tesoro, R. L. Stevenson
El Libro de la Selva, Rudyard Kipling